息のかたち

いしいしんじ

講談社

目次

装幀・装画
鈴木千佳子

息のかたち

息のかたち

金属バットが頭に直撃したその日から、夏実はひとの口から出る吐息が目に見えるようになった。

当たったのは、左の後頭部だった。晴れた日曜の朝、川沿いのランニングコースを走っている最中、芝生をこえて、斜めうしろから飛んでくる銀色のバットをよけきれなかった。

しばらくの間うずくまり、呻き声をもらしながら呼吸をととのえ、膝に力を入れて立ちあがる。前に垂れ落ちた長い髪のすきまから、忘れもののように左の足もとに落ちている、銀の棒が一本見える。すぐそばの芝生の上に小学四年ほどの少年が三人、帽子とグローブを胸もとで握りしめ、かけるべき言葉を全身で必死に探しながら、なすすべもなく立ちつくしている。

夏実は深呼吸し、もう一度目をつむって頭の重みを確認してから、

「あんたら、飛ばすもん間違《まちご》うてへん」

大きな目をあけて少年たちを一どきに見た。

「ごめんなさい」

中央の、天然パーマの少年がうるんだ目をあげる。

「手ぇがすべってしもて」

「あたしは石あたまやさかい平気やけど」

夏実は頭部を指さしつつ、

「河原のこのへん、まだちいちゃい子ぉも、犬も、お年寄りもいっぱいいたはるやん。当てたらあんたら、その年でケームショ行きやで」

「はい」

「ゴムボール、手打ちにしとき。タイミングとる練習にもなるしね」

「はい」

「そないします」

三人は互いに視線を押しつけあいながらもぞもぞしている。夏実はバットを拾い、天パの少年にさし渡し、目線でうなずいてからきびすをかえす。カラフルな服装の男女がそれぞれのペースを保ちながら、南北にのびる平坦なコースを往来している。

はじめは息を抑えながらゆったりと歩く。だんだんと歩幅を大きくし、そのリズムに腕の振りも合わせる。頭を左右に振ってみて、もう違和感は感じない。ウォーキングのペースで橋の下を、一本、また一本、とくぐり、三本目の下をすぎてから、とん、と地を軽く蹴りジョギングにうつる。今日はもう無理せず、流すだけにとどめておこうと思っていたはずが、四本目の橋の下を通過するや、意識せず自然とペースがあがっている。

青草が後ろになびき、トンビの声が風に溶けてゆく。きらめく朝日のなか、長細い素足が前へ前へ、ふたごの生きもののように飛びだす。風切る速さときらめく生気をまわりにふりまきながら、高校二年生、齢十七の肉体が川べりを滑ってゆく。

川上から、三十がらみの女性が駆けてくる。ふと目をやった夏実が立ち止まりそうになってしまったのは、蛍光ピンクのキャップをかぶったそのランナーが、走りながら空色の風船を口にくわえ、膨らませたり縮めたりを、頻りに繰りかえして見えたからだ。その後ろから追い上げる男性ランナーは、生け垣を切りとったような緑のかたまりを、顔の真正面にブワブワ揺らせながら走ってくる。

異様さのあまり夏実はコースを逸れ、ところどころ芝のはげた緑地に避難した。ジョギングしながらちらちらと目をやると、コースを行き来するランナーたちはそれぞれのスピードを保ちながら、みながみな、口からとりどりの色かたちのかたまりを吐いている。

寒気をおぼえつつ川土手にあがった。ひとの顔面が視界にはいらないよう、アスファルトの地面を見つめ、足早に家に戻った。

上がりかまちに座って、自転車の部品をばらしていた父は、

「お前もやっと出たか」

ネル布を玄関の床に置き、顔をあげて微笑んだ。

「おれは中学の二年やったかな。遅刻して教室に駆けこんだら、机についた全員、フーセンガムかんどってな、ふざけてんのか思たら、真っ赤なフーセンくわえた先公が、黒板消し投げつけてきよった」

「これ、なんなん、病気?」

夏実は足踏みして訊ねる。意識せず、うまれて初めて、地団駄を踏む、ということをやっている。

「遺伝や」

父は平然とこたえる。

「心配せんでええし。別に害はあらへんし、そのうち見えへんようなる」

台所に向かい、冷蔵庫から牛乳パックを出す。丸みを帯びたグラスに中身を注ぐや、その白いかたまり感にげんなりとなる。花籠に寒椿を入れていた祖母がふりむきもせず、

「夏ちゃん、慣れはったらな、楽しおすえ」

絹豆腐のような声でいう。

「十人十色いうけどな、ひとの息て、ほんまに、ひとりびとり違たあんのん。からだの具合やら、こころもちやらで、変わってきはんねやで」

「でも、なんか気色《きしょ》いやん」

「あんたかてな、息したはんねんえ」

ふふふ、と笑って祖母は、椿の花弁を見つめながら、

「うちもそやったし、あんたのお父ちゃんもおんなしやったけど、自分の息て、なあんやしらんけど見えにくいん。ほの白う、すきとおっとってなあ」

そのようにいう祖母や、父の吐く息が目にみえないのはどういうことか。しばらくともに過ごすうち、夏実にも、そのしくみがだんだんとわかってくる。ふだん平静にしていれば視覚は以前となんら変わらず、ひとの息など目に映らない。それが、駆けだしたり跳びはねたり、運動などで動悸がし、脈拍が毎分百回に近くなった状態で目をむけると、視神経になにが影響するのか、まわりのひとたちの顔のまわりに、それぞれの吐いている息が浮きあがって見えてくる。

こんなにもちがうものかと、それこそ息をのんで見入ってしまうくらい、街にはさまざまな色かたちの吐息があふれている。見慣れてくると、祖母のいうとおりかえっておもしろくなって、高校への行きがけ、コンクリートの歩道をバス停までダッシュしたり、バス停の前で跳びはねたりして、鼓動を高めた上で、夏実は道ゆくひとびとの口もとを観察した。

型くずれしたスーツの若い男が、鉄道駅にむかって歩いてゆく。口の端から、犬の小便のようにか細い、黄色い筋を胸もとに垂らしながら。集団登校の小学生たちはけらけら笑いあいながら、一瞬ごとに、色とりどりの水風船を顔の前で破裂させて進む。雲を頭に載せたような白髪の紳士が、長いリードの先に雑種犬をつないで散歩している。その吐息もまさに夏の入道雲のように白く、犬もまた先導して歩きながら、紳士の雲を三分の一ほどに縮小した、そっくりの息をしきりについている。

銀色のハーモニカをくわえたような少女のかがやく息。

赤黒い生肉のかけらを周囲にばらまくヤクザものの息。

手押し車のハンドルを握り、にじりにじり進む貧相な老婆が、鼻の穴から噴きだすまばゆい金色の息。

学校の正門に駆けこみ、軽く息を弾ませながら下足箱の前から見わたす。何十人もの男女があいさつを交わしあいながらゆるゆる歩いてくる。夏実の高校は共学で制服がなく、セーターにブルゾン、ジャケットにコートと、身につけている服や帽子はひとりひとりまるで違うのに、口からたちのぼる、漂う水くらげのような息は誰も彼も似通っている。ティーンエイジってこういう感じなのか、と夏実は見つめながら、なぜだか胸を打たれた気分で足をひろげて立ちつくす。じょじょに動悸がしずまってくるとともに、生徒たちの吐息は冬の空気に溶けこみ、一気に透明になってゆく。

授業がはじまればなにもかわらない。古文の教科書の端に淡々と犬のイラストを描いている。同じクラスに好きな相手でもいれば、この教室の空気も、多少は派手に映るかもしれない。友だちは割と多いほうだが、息のかたちが見えることは、けして誰にもいわないでおこうと夏実は本能に従って決めている。あの、ふわふわ揺れる水くらげが三十二体、教室の天井をただよう様を想像する。

背中をシャーペンで突かれる。同時にうしろから由香のささやき声が、

「なつみっ、五十六ページ」

バネが弾けたように立ちあがり、ばさばさと音をたてて教科書のページをたぐる。ホワイトボードの前では、教師の石田が、右の口角だけ上げているが目は笑っていない。五十六ページには狂言の一節がのっている。目を上げた夏実は、不意に笑いがとまらなく

なった。クラスの皆が呆れてふりかえるなか、立ったまま腰を折り、涙をにじませ澄みわたった声で笑いつづけた。

狂言のせいではない。石田の鼻の穴から、末端が青白赤の三色でひらひら揺れる、さかさにしたハタキのような息が二本、すぴー、すぴー、と、教卓の上にのびている。そうして石田が顔を真っ赤に染めて近づいてくる。どれだけ笑いこけようが、祖母のいったとおり、自分の吐く息だけはあまりよく見えない。

放課後、少し遅れて陸上部の練習に出る。競技会にむけ、一年も二年もなく、グラウンドじゅうをジャージ姿の生徒が跳びはねている。夏実の目には、色とりどりの風船が浮かんでは消え、浮かんでは消える、水の流れるプールのように映る。

一年男子の出島が、緑の円盤を撒きながら砂の上をジャンプする。

クラウチングスタートの瞬間、二年女子の桑原が頭上に虹色の水を噴きあげる。

三年の先輩たちはひとかたまりになって、銀色に輝く自分たちの息にとりまかれ、溺れているように見える。

アップが済むと夏実も走りだす。まわりの息はいっそう色と輪郭を際立たせてゆく。わたしら実は、こんなど派手な世界に生きてんねんなあ、そう思うと夏実の胸は、正体のよくわからない透明な感慨で、また一杯にふくらんでゆく。

三学期の途中、学校が休みになる。陸上部の顧問から、春の競技会は延期、と連絡が入る。三年生はクラスごとに分かれ、体育館でなく、教室で卒業証書を受けとることになったらしい。

スポーツジムも、なじみの焼きそば屋も、商店街も、どこもかしこもシャッターに紙を貼りだし、いつ終わるか知れない長い長い休みにはいる。

家族じゅうみんな、わりとさばさば受け入れる。悪気があるわけやないし、病気のこっちゃから、腹たてるだけ損やろ、そういって父は、さっそく届いた大きな段ボール箱にナイフの刃を入れ、自転車用のローラー台を取りだし、いそいそ組み立てる。ステイホームを口実に、ほかにも今年のモデルのレプリカジャージ、映像でピレネー山脈やシャンパーニュ地方を走っている気になれるサイクリングモニターも買った。

朝夕、玄関の廊下に置いたローラー台のロードレーサーに派手なジャージでまたがり、モニターでフランスやイタリアの有名なコースを選ぶと、一時間、荷重をかけてペダルを踏む。昼間はコンピュータの画面上で得意先と愚痴をこぼしあう合間に、壁材や窓枠の写真を見せながら、「かたつむりの殻を指でさわった感触」とか「でかい本棚のつもりで持ちあげたらベニヤ板一枚の絵やった、くらいの軽さ」といった、独特の表現で商談をすすめる。

三百年以上つづく工務店の、父は十四代目で、仕事でトラックの運転をすることはあるが、ふだんは三十年ものの自転車で、けして広くはないこの街のどこへでも走ってゆく。工務店の若手社員七人とロードレースのチーム「他力本願ズ」を結成している。チームのメンバーが汗を流す現場に、半纏をひっかけ、日に一度かならず顔をだす。そうと話したことはないが、十五代目を継いだ自分の後ろ姿を、夏実はたまに想像することがある。

部員同士が集まることは禁じられている。よく晴れた午後三時過ぎ、川沿いのランニングコースに出てみると、平日にもかかわらず土日と同じ程度の混み具合で、みな五メートル以上の間隔をあけながら、それぞれのペースで湿った土を蹴って走っている。そういえば明け方にざっと通り雨の音がした。そうして、走っているひとも、犬の散歩のひとも、おさなごの手をつないで歩く若い母親も、河原に来ている皆が皆、顔の下半分をマスクでおおっている。

見ていると、手作りマスクのひとが多い。もちろん、どの店でも売り切れ、という事情もあるだろうが、祖母にいわせれば「味もしゃしゃりもない」無愛想な白マスクより、柄の好みや顔のかたちに合わせ、手ぬぐい、風呂敷、ストッキングなどを組みあわせた、自分だけのオリジナルマスクで、せめてもの気晴らしを楽しみたい、そんな風に考えるひとが、「着倒れ」と呼び習わされたこの街ではよそより多いかもしれない。

夏実のは、陸上部の先輩たちが共同購入し、部員に分けてくれた筒状のランニングスカーフ、通称バフ。薄い水色と白のストライプが斜めにはいっていて、まるでさわやかな春の驟雨《しゅうう》だ。

コースの土を踏み、軽く蹴りだす。足首のバネを意識し、頭頂が空のほうへ、目に見えない糸で、ツン、ツン、と引っぱられる感覚を保ったまま、斜め前にからだを傾ける。両腕の振りはまだ浅い。まずは今日の体調にあった、基本のリズムをつかむこと。高木先輩は、からだの内と外の、風の通りをよくする、といっていた。

外から内へ、内から外へ。内、外、内、外。

うちそとうちそとうちそとうち。

リズムが一定に落ちつく。風が内に吹きこみ、内から外へ、息が抜ける。足首のバネと空からの糸が同期し、呼吸がうまくまわりだすとともに、夏実はふだんの輪郭から、ランナーのからだへと変化する。

バネをそなえた足は、意識しなくとも膝が勝手に高々とあがる。軽く曲げた腕も肩の高さまであがっている。呼吸はリズミカルにまわっていながら、実感として、胸の水面は平らかに凪いでいる。コースを向こうから、サンバイザーに、水玉マスクの女性がおだやかな足どりで走ってくる。マスクの四方八方に、黄色味をおびた煙が噴きこぼれ、ちりぢりの霧になって消えてゆく。

走るひと、歩いてくるひと、コースですれちがう全員が、マスクのすきまから煙をこぼしている。黄色、赤、濃い紫に淡い白と、色はひとりひとり違っているが、煙の噴きだす様子はみな似たり寄ったりだ。本来、息のかたちもとりどりのはずだが、マスクのなかに押しこめられ、圧迫されつぶされて、同じようなホロホロの煙の状態で、外へこぼれでるほかないのだろう。狭所で圧縮されるせいか、煙となってマスクから散らばった息のかけらは、草の先や泥の上に落下したあともしばらくその張力をたもち、それぞれの色をまわりに放ちつづけている。あはれなり、と夏実は、平らかな胸の水面にことばを浮かべる。古文は好きだけれどけして得意ではない。

筆を振って絵の具を飛ばしたように、色の粒が散在する川べりの風景は、あはれ、と見えなくもないけれども、よくよく考えてみれば、いわゆる唾の飛沫の、さらにこまかな欠片が無数に点々と散らばった斑点だ。風に流され、宙に浮きあがったりもしているそれらのそばを走り過ぎるときには、バフの奥で息をつめ、つい足を速めてしまうため、内外の風のめぐりがどうしても不規則になる。

息の粘度が高かったり、吐く勢いが人並みはずれたひとがいるのだろう、赤、ピンク、黄色にオレンジ、いろどり豊かな、落ち葉やガラス片くらいの大きさの破片が、芝やタンポポの葉に引っかかって揺れている。よくみればこのように、破片のかたちにもバリエーションがあるにはあるが、ばらばらに砕け散った断片だからか、あるいはもともとの吐息自体、いまこの世では忌まわしいものと受けとられてしまうせいか、草間で光る破片はどれもこれも、寂しげな気配を帯びているように、夏実の目には映る。

ランナーたちは以前より縦に距離をあけ、追い抜いたりすれ違うときは、車線をはみだす暴走トラック並みに走路をふくらませる。互いの息がかからないよう配慮し、というか警戒しての走法らしいが、そもそも吐息はマスクの横から左右の空間に散らばり、しばらく虚空にとどまりながら地面へ沈みこんでいくため、ランナーたちはじつは、前後左右を走るランナーたちが噴きあげる色とりどりの煙のなかへ、自分も色を加えながら、軽快に息を弾ませ、そうとは知らずやみくもに突っこんでいく。みなのマスクやバフの上だけでなく、汗ばんだ頬や鼻の頭に点々と、黄色や緑のぶちが寂しげに光っている。

芝を転々と横切り、コース上に野球の硬球が転がってくる。拾いあげてみると、赤い縫い目はフェイクの浮き彫りで、握れば軽くてフワフワとやわい、ただのゴムボールだ。芝生のはげたところから天然パーマの少年が頭をさげ、

「ありあっす」

スポーツ児童っぽいあいさつを投げた。

夏実はボールを返しながら、

「バットのほうがよう飛んでんちゃう」

笑いかけるとむこうも照れくさげに手を振ってよこした。

三日前の午後のことだ。あのときはまだベンチの異変に気がついていなかった。

きのうの朝、少年たちはまだいなかった。雲ひとつない空から、もったいないくらいの陽光が降りそそぎ、河原全体を黄金色のスープのように輝かせていた。ランニングコースに出てふたつ目の橋を過ぎると、フットサル用の小さな空き地があり、その先に一定の距離を置いて、背もたれつきの木のベンチが五つならぶ。中央にある、その三つ目。

昔っぽい、上下揃いの青いジャージ。ラッパーやなんかが敢えて今っぽいTシャツに合わせそうなヴィンテージ。背筋をのばし、ベンチに腰かけているのは、身の引きしまった男のひと。そういえば、最近、決まってここで見かけている気が。

頭からタオルをかけているせいで表情はよくわからないが、その下にひげのない、丸みを帯びた顎が覗く。つまり、このご時世なのにマスクをつけていない。夏実は走りながらチラリと見た。このとき、淡い違和感をおぼえたが、それがなんによるものかはわからなかった。前方から機関車のように色つきの煙を噴きあげて走ってくる七十がらみの女性に気を取られ、男の青白い顎の残像は、きれいさっぱり網膜から消えてしまった。

七つ目の橋で折りかえし、ストライドを拡げてランニングペースで戻ってくる。途中から、黒々とした違和感がだんだんと膨らんできた。ベンチにはまだ、青ジャージの男が同じ姿勢で座っている。

意識しないまま、夏実の視線は河原から川の水面へ水面へと逸れた。ベンチの前を駆けぬける瞬間は、競技会の決勝でトラックを蹴っているほどの勢いだった。猛ダッシュしながら次々と、カラフルな息の煙ごと、前を行くランナーたちを追い抜いた。

翌日の午後二時、夏実はいつものジョギングでランニングコースに出た。春の抜けた空から西風が吹きよせてくる。芝生の上で、三組のグループが敷きものをひろげ、ワインやジュースをすすっている。ごろりと寝そべり文庫本を開いている学生。シャトルを追い合うバドミントンのカップル。もっとも居心地の良い時間の過ごしかたを、みなそれぞれに全身で探っている。

ひとつ目の橋をこす。少年たちはいない。

ふたつ目を過ぎる。中学生くらいのグループが空き地にマーカーを置き、ドリブルの練習をしている。五つならんだ木のベンチ。その三つ目に、青いジャージの男が姿勢を正して座っている。タオルを頭にかけていない。四十過ぎだろうか、髪を刈り込んだ、瓜のようなシルエットの頭部。うっすらと笑みを浮かべた横顔がみえる。

夏実はジョギングの足をゆるめ、迷いのない足どりで歩みよると、バフを付けたまま、

「あのう」

ベンチの横から声をかけた。姿勢はそのまま、男はやわらに振り向き、

「はい、なんでしょう」

夏実はことばを失った。一拍、二拍と間を置いてから、やっとの思いで、

「あの、おからだ、問題ないですか。心臓とか、頭とか」

ジャージの男はゆっくりとほほえみ、

「ご心配ありがとう。いまのところ、たぶん、どこもどうもないみたいですわ」

「……そうですか」

それだけいって夏実は立ちつくす。男は和らいだ表情で夏実を見あげた。二拍、三拍と間を置くと夏実は、意を決めたように、隣のベンチに横座りで腰をおろし、バフを顎の下までずらすと、

「失礼なことうかがって、すみません」

男の顔を見つめながら、競歩の足どりでことばを継いだ。

「めっちゃ変なこといいますね。わたし、こないだから、ひとのしはる息が目にみえるようになったんです。なんやよう知らんけど、遺伝やそうです。ここで走ったはる学生さんの息も、犬散歩さしてるおばあさんの息も、その犬の息も、色とかたち、それぞれにちがって、わりとくっきりみえるんです。でも、ひとりだけ、おじさんの息だけ、きのうも今日も、ぜんぜんみえへんのん。おじさん、息したはりませんよね。ひょっとして、おじさん、この河原に住んだはるゆうれいですか」

男は真摯なまなざしでじっと見ている。

「もし、わたしだけにみえてるゆうれいなんやったら、おじさん、なんかわたしにメッセージとか、あるんちゃいますか。してほしいこととか、こころ残りなこととか。学校もクラブも休みやし、暇やし、いまやったらわたし、わりとなんでもできますけど」

と、ジャージ男の顔が破れた。両のてのひらをかぶせてとどめようとする。男の顔から色とりどりの小さな球が無数に、ポロポロポロポロ、指の隙間から爆ぜて芝生に落ちた。

はじめ、夏実はなにが起きたのか理解できなかった。てっきり、川のゆうれいが、魔としての正体を顔面に顕したのかと思った。

ちゃう。夏実は突然に気づく。これ、おじさんの息や。

おじさん、笑《わろ》たはんのやわ。

そのとおり、青ジャージの男は笑っていた。こらえきれない様子で、喉をふるわせ朗らかに哄笑していた。カラフルなタピオカのような小球が、足もとを埋めつくさんばかりにあふれ、スニーカーのまわりを小気味よく転がってゆく。ちいさなバッタかカトンボのような虫たちが、揚げ物油のように草間からぴょんぴょん爆ぜる。

あたたかな水が砂にしみこむように笑いやむと、男は夏実に向きなおり、

「ごめんなさい。まじめに話してくれてんのに笑たりして」

さきほどまでよりおだやかな眼差しで夏実を見つめ、

「あなたはほんま、やさしい子ぉやねえ。それに、勇気ももったはる。心配してもろて、申し訳ないくらいや。幸か不幸か、僕はまだ、なんとかこない生きてますねん」

男はていねいに、やはりその声が、夏実のなかにしみこんでいくのをたしかめながら話した。名前は、袋田京一。この町でうまれ育ったのち、高校生で国を離れ、三年前に帰京した。橋を渡った向こう岸の、とあるビルの一室で、外国人相手に日本語を教える教室をひらいている。授業のある早朝と夕方以外、時間があればこの河原に来て、本を読んだり弁当を食べたり、あるいはただぼんやりしたりして過ごす。

あいづちをうちながら夏実の胸は釈然としていない。春の川のように語りながら、袋田から発せられているはずの息、さきほど草の上に転がったカラフルな吐息は、その口もと

にも顔の周囲にも、やはりまったく見えてこないのだ。

　夏実の目つきに袋田はうなずき、

「息をしてへんのやあらへん。吸うては、吐く、吸うては、吐く、その速度が、ものすごいゆっくりなんで、透明にみえるだけや。夏実さんやったら、よう注意してたら、見えはるんちゃうかな。ほら、見ててみ」

　真横から見る袋田の輪郭は、美術の教科書でみたギリシア時代の彫像のようだ。短髪なところだけがちがう。目はまっすぐに川のほうにむいている。夏実は息をこらし、両目の力はゆるめ、ちょうどよくめくれた袋田のくちびるを注視した。

　次の瞬間、えっ、と思わず声がでた。半分透きとおった釣り糸が、くちびるのあいだから発し、目で追っていくと芝生を、ランニングコースをこえ、川面のほうまでえんえんと延びていく。そよ風が寄せてくるたび、川の上手へ、下手へとゆっくりとなびくが、一本の糸はとぎれることがなく、しなやかな張りをたもったまま、午後の陽光を浴びて川の上できらめいている。

「はい、ここまでが吐息」

　袋田がくちびるをすぼめながら、

「ただいまから、息を吸わせてもらいます。そのあいだは、当たり前やけど、ひとことも喋れへんから、愛想なしでかんべんやで」

といって一度沈黙に沈んだあと、かすかな鼻息をたてて袋田は息を吸いはじめた。瞬間、くちびるから離れた吐息の糸が、ゆったりと宙に浮きあがった。夏実は立ちあがって見あげ、袋田はすわったまま微笑んでいる。色とりどりのマスクが行きかう河原の上を、すきとおった一本の息が、元気な龍の幼子のように、愉しげに身をくねらせながら、春のさかりの青空めがけて音もなくのぼっていく。


三日後の朝、同じベンチで夏実は、ふたたび袋田京一を哄笑させることになった。ベンチの前で、からだを六時四十五分の時計の針の位置に折り、

「弟子にしてください」

と叫んだのだ。一瞬おいてまた色とりどりの、今度はピンポン球サイズの息がいっせいにまわりに飛んだ。乱雑なようで息の軌道はくねくねと曲がり動き、夏実はもちろん、コース上を走っているどのランナーにもひとつとして当たらなかった。

袋田の笑いがおさまるのを待ってから、夏実は、自分も息を長く、深く、強く保ちたいんです、と告げた。陸上部の有望なランナーとしてだけでなく、それが人間として、いきものとして、ぜったいに必要、大切なことやと思うんです。思てるだけやない、わかった

んです。

袋田の顔をまっすぐに見すえ、夏実はいった。

「なにしろ、わたしには、それがはっきり見えたんですから」

袋田は夏実に、ベンチの隣にすわるよう促した。夏実の目には半透明の袋田の吐息が、すーっと斜め上に延びていくのが見えた。いわゆるため息というやつか。

顔を空にむけたまま袋田が話しはじめた。中学二年のとき、合気道の先生から、ふしぎな武道家の噂をきいた。外国人であるその武道家は、自分の吐息にのって高々と飛翔し、ジェット気流に乗ってひと晩で太平洋をこえるという。袋田少年は本気にしていなかったが、武道会館でひらかれた大会でその武道家の遠い弟子に会い、天井近くまで「吐息」で吹き飛ばされたことから、ぜひその門下に加えてもらいたい、と願うようになった。

バイトで金をため、高校二年で貨物船に乗りこみ、冬の荒れる海を渡った。乗り合いバスとヒッチハイク、最後には徒歩で、武道家の道場がある山間の村にたどりつくと、武道家は前月に亡くなっていた。正確にはこの世から去っていた。百二十二歳だった。最期の息をヒュッと吹き、その膜に包まれたまま浮きあがり、はるか遠い西の山脈へ飛び去ってしまった、と一番弟子の老人がいった。

袋田はその道場にとどまり、修行をつづけた。そして三年前、工場での実父の事故の知らせをきき、二十年ぶりに帰京した。日中は、兄弟夫婦と交代で父の介護。朝夕、日本語教室に来る外国人の大半は、呼吸と武術について調べた上で袋田を訪ねてくる。

お父さんの事故ってなんだろう、と夏実は思ったが、口にだしてきくのはやめた。すると袋田がやおらに笑い、

「えらい古い、お菓子屋、やっとんねん」

まさに呼吸を読んだのだろう、

「工場の視察しとる最中、段から足滑らせて、煮えたぎるアンコのタンクへ顔面からつっこんだん」

修行は週に三度。月水金、袋田の日本語教室が終わり、まわりに人気《ひとけ》の少なくなる六時すぎから。といって、他の曜日、別の時間であっても、袋田がこのベンチにいるかぎり、夏実はいつやってき、好きに練習をはじめてもかまわない。

修行といっても夏実の場合、武術は伴わない。ベンチに腰かけバフをはずすと、できるだけ時間をかけて息を深々と吸い、さらに長い時間をかけて少しずつ息を吐く。ストップウォッチ、心拍メーターなど、機器のたぐいは使わない。袋田によれば、時間の流れかたは、吸うときと吐くときとでもともと質がちがう。またそれは、時計盤の目盛りやデジタルの数字などとはまったく関係がない。人間のからだに、ひとりひとり固有のはずの、本

来の時間のめぐりをとりもどす。それは細切れにされた数字の羅列などではなく、一本ずつ水量も水質も経路もことなる支流をあつめた、巨大な水系のようなものなのだ。

「同じ息はあらへんで」

袋田は雲をみあげ呟く。

「きのうと今日、昼と夜。ひと息、ひと息。ふつう、一瞬ごとに息は変わる。それを究極に深うしていくうちにな、だんだん、そのひと本来の、一本の息に整うてくるんや」

夏実はまず、自分の息の色、かたちに集中する。修行の三日目、おぼろげに、不細工なちくわのように不定型なかたまりが見えてくる。五日目でそれは純白に輝き、夏実の口からランニングコースあたりまでのびる長細いはんぺんにかわる。

一週間、十日と、はんぺんはなかなか河原から出ていかない。瞬間、長くのびたとして、ヨシ原の上あたりでへにゃへにゃとたわみ、無様に雲散してしまう。

午後六時半、淡い西日が後頭部をかすめランニングコースに長い影を落とす。夏実は両腕をストレッチし、さらに影を長々とのばしながら、

「袋田さんは、どのくらいまで、ふつうに息をのばせますか」

あいかわらず青ジャージにタオル姿の袋田は、一度軽くうなずくと、川の水面に向きなおり、すぼめた口から銀色の針のような息をか細く吹く。隣でみている夏実の目の前で、

息はゆっくり、ゆっくり、ゆっくりとのびていき、たわみも曲がりもせず、直線のまま川の真上にとどく。夏実は立ちあがり、ランニングコースへ、さらにコースを横切り、草まじりの、コンクリートのスロープの上にたたずむ。銀糸のような糸はさらにむこうへと先端をのばし、川の中央を過ぎ、川べりにとどき、ヨシ原上空を通過すると、対岸のランニングコースをかすめ、こちら岸と同じように、ベンチが無人のまま五つ並ぶうち、中央のベンチの木の座面に置かれた空き缶を吹き飛ばし、コンクリートの地面からカランと乾いた音をひびかせた。

自分の目ではみえていないのに、袋田は長細く息をのばすだけでなく、色もかたちも自在にあやつってとりどりの息を吐くことができる。たとえば、くれなずむ西の空そっくりの夕焼け色に息をそめたり、直径三メートルはある巨大な空色の球形を河原に出現させたり。

「目や耳や鼻のつながった、いちばん奥で、その色かたちを浮かべるんや」

上空にただよう、五色の風船のような吐息を見送りながら、袋田はやわらな声でいう。

「うまいことそれが浮かんだら、いちばん奥から、このからだをくぐらせて、自然に外へ浮上させる。それが息や」

吸気も同じこと、と袋田はいう。

「深《ふこ》う深う吸う息も、からだに沈めていきながら、色かたちをあんじょう整えんのや。夏実さんは息が見えるから、吐息についてはびっくりするくらい上達が早いけど、そっちにくらべて吸気はまだまだ修練が甘いで」

「はい」

深くうなずき、夏実は口をすぼめ、昼間の夏のような暑気が残る芝の上の空気を、絹糸を巻きとっていく慎重さで、そろそろ、そろそろ、気管、肺臓のさらに底、袋田のいう「いちばん奥」へと沈めてゆく。大事なのは、ひと連なりのままとぎれることなく、最後までなめらかに吸いこむこと。夏実は不意に、たぐってもたぐっても端の見えてこない一本の白いうどんを想像する。と、おかしくなってくしゃみが漏れ、手で押さえようにも間に合わず、鼻から口から、うどん片状の息のかけらがベンチのまわりに飛び散る。

学校が再開される予定日の五日前、さらにひと月の休校延長が発表される。夏実の祖母はずっと家にいて、お茶のこと花のことなど、なにくれとなくやっている。アルプスの山岳やベルギーの石畳など、自転車レースの有名なステージをひととおり走り終えた父は、今度は、アイスランドの氷原やナミビアの砂漠など、アドベンチャーライドコースへとモニターの設定を変更した。南極にいこうがサバンナを走ろうが、服装は変わらず、派手なサイクリングジャージのままだ。朝のメニューを終えるとシャワーを浴び、ポロシャツの上に半纏をひっかけ、同じ自転車で現場へとむかう。

夏実は気持ちさえ調えば息を川の半ば過ぎまでのばせるようになった。

薄く目を閉じ、からだの奥から寄せてくる波に笹舟を流す感じで、吐息を前へ前へ、少しずつ漏らしてみる。くちびるから一本の銀色の線が、夕まぐれの水面に、どこかしらいたずらっぽくのびていくのが見える。と同時に、手足の指先、顔、背中のラインやふくらはぎと、まるみをもったからだの輪郭が、おぼろに、銀色に光りはじめるのがわかる。発せられる吐息にはからだのすべてが反映されている。夏実の目は、すわりこんだベンチからだけでなく、のびていく息の先端からも、夕暮れてゆく両岸の光景を眺めている。川面で跳ねるハヤの水音、こすれあうヨシの葉のささやきが、夏実の息を豊かにふるわせる。

吐息をより深く、長くのばせるようになるにつれ、吸いこむ息の奥深さが、ありありとわかってくる。川面までのびた息を、いったん口をつぐんでからだから離し、今度はくちびるの隙間から、吐いているときよりもさらに緩やかに、夕映えに照り輝く川べりの空気を、少しずつ少しずつ、からだのなかへ取りこむ。ゆっくりであればあるぶんだけ、からだじゅうの細胞のひとつひとつが、じょじょに目ざめ、うちふるえ、膜の輪郭を光らせはじめる。息は文字どおり、からだを細部から「息づかせる」。

夏実は自分のからだがこんなにも広いなんてこの春まで想像もしていなかった。川の半ば過ぎまでのびていた息が、今度は反対に、くちびるを入り口に夏実の奥へ、内側へ内側へ、その先端をのばしていき、吸いこみ終わったその時点で、吐息と同じ長さのまま、まるまる収まってしまっている。目を閉じてその吸気の先でまさぐってみれば、真っ暗と思いこんでいた自分の胸のなかに、おだやかな光と風音をはらんだ、広大な「室《むろ》」がひろがっているらしい。

室のあちこちで明滅する、とりどりの光の輪郭をつかむのは、はじめてすぐの夏実にはまだむずかしい。吸気に乗って室のさらに奥へもぐってみる。ささやかに鳴るとりどりの風音は、これまでにしてきた息の記憶だ。

高校のはじめての府大会でベスト8。中三の秋季大会の800メートル走では足がつって棄権。歓喜の爆発もあれば、しゃくりあげる嗚咽もある。授業参観では当てられて声がでなかった。はじめての海で仰向けに浮かび、丸く切りとったような青空をいつまでも眺めた。安堵の息。乱れつつも弾けている息。そのまま絶えてしまいそうな途切れ途切れの息。これまでについた何億何万という呼吸のひとつひとつが、この広大な室のどこかで、たがいにつながりを保ちあいながら残響している。

「夏実さんは、のみこみがはやいな」

五月初旬となれば、七時近くなっても河原はまだ明るい。水筒のほうじ茶をすすりながら袋田は、空中にまんまるい息をひとつ、ふたつ、と吹いて頭上にただよわせる。

「え、そうですかねえ」

と喜色をにじませる夏実に、

「のみこみがええ、いうのんは、それだけ、内に入れられる器に余裕がある、ちゅうことや」

と袋田は軽くうなずいてみせる。

「浅い小皿で水くみしよ思たら、何度も何度も、忙しのうくまんなあかんやろ。ぐりっと深いお椀でくんだら、ゆっくり、ゆったり、おだやかにくめる。同じ水でも、そっちのほうが澄んでて味も深い。遺伝ていうたはったけど、夏実さんとこは、ご家族みんな、ずうっとそんな感じなんやろな」

「え、どやろ。のんびりいうか。ぼーっとしてるいうか」

と夏実。

「そういうたら、父が自転車のチームくんでるんですけど、いま目の前の道しか見えてなかったら、走ってても全然つまらへんていうてました。なんか、鳥の目ぇで、自分が走ってる山全体とか、山脈とか、島のかたちとか、GPSみたいに想像しながら走んのが好きなんですって。いちばん調子ええときは、大陸とか見える、いうてました。ほんまかどうか知りませんけど。ばかでっかい土地の上を、派手な色の自転車が、ものすごいゆっくり、ゆったり、進んでるのが見えるって」

「おもしろいお父はんや」

と袋田は暗くなってきた水面に目をやり、

「よっぽど息づかいに長けたはるんやな。御所のねきの、松葉のご紋の工務店さん、ていうたはったな」

「あ、はい」

「僕の父方の実家、先代の棟梁にやってもろたんやで。夏実さんのおじいちゃん」

そういったものだから、夏実はぽかんと丸い息を目の前についてしまう。

「別に、ようあるこっちゃ。夏実さんもだんだん、この街がこれまで、ひととひとの息でどんな風に結びついてきたか、よう見えてくるはずや。夏実さんのお父さんには、水の張ったある、ばかでっかい器みたいに見えてるんやろな。のぞきこんだら、数え切れへんあぶくがプツプツ、つながったり離れたり、浮かんだり沈んだりしとって」

夏実は想像してみる。じゃあ、お茶人のおばあちゃんやったら、井戸茶碗のなかの濃茶が見えるんかも。だからまったりした動作で、ゆったり、いつも優雅に落ちついたはる。

元旦にはお茶の友だちや生徒さんから、ぜんぶ手書きの年賀状が千通はくる。それも、つながりあった息のあらわれかもしらへん。

「僕は、あかんねんなあ」

と袋田はいいながら、ちら、ちら、と真上を見やる。

「いまだにフラフラ、しゃぼん玉みたいにふらついとって。器のどっか深いところに、ようわからへんけど穴があいてて、そっから風が、びょうびょう、びょうびょう、吹きあがってきよる。うん、夏実さん、しばらく座っときや」

真上に浮かばせてあった息をすっと口にもどし、真正面をむいて呼吸を整える。

薄闇のなか、芝生のうしろから光の棒が三本のびてきて、くるくるまわりながらベンチやヨシの葉先を照らしつける。オウ、オウ、と、わざと喉にひっかかった声の男たちが、芝を踏み散らしながら歩みよってくる。

「オウ、密やのう、密やのう」

三人がベンチの前にまわりこむ。あふれかえる懐中電灯の光のなか夏実は目を細める。金髪、スキンヘッドに、マッシュルームカット。全員だぼだぼのパーカーと腰までさげたジーンズ、鼻から口にかけて黒いマスクをつけている。そして金髪の男は、夏実の能力を開花させた一本にくらべ、ふたまわりは大ぶりな木製バットを握りしめている。

「なんや、チャラいカップルかとおもたら、おっさんとJKかい」

「このご時世で、マスクもせんとパパ活て、なあ、おっちゃん、それってドートクテキにどーなんかなあ、どーなんかなー」

「密やのう、オウ、密やのう」

ベンチの夏実は深く、長く、息を吸いはじめる。まわりのものごとが、濃茶の表面のようにゆっくりとまわりだす。袋田が口をひらき、やはり深く、広い器の底から響かせる声で、

「自分ら、パトロールか。おつかれさんなことですな」

という。

三人は、なめとんのか、コロナおやじ、マジ、マスクしんなあかんやろ、エロおやじしばく、などといって一歩前へ。スニーカーのつま先がすっと引かれ、木製バットが金髪の上にさしあげられる。袋田はベンチにすわったまま、深い器の底から銀色の太い息を一本まるい口の間から噴きだす。吐息の端をてのひらで握ると、中腰で立ちあがり、バットが振りおろされる前に、棒状の息で金髪男の首を横に払う。男が吹っ飛ぶやスキンヘッド男の蹴りをかわし、銀に輝く息を正確に水平に振って、男の横腹に叩きこむ。マッシュルームカットの男は、なにが起きているかわからないまま右の拳を打ち込もうとするが、袋田

の手のうちで棒状であることをやめ、ふにゃりとゴムのようにしなった銀の息が、顔面をしたたかに打ち、男のからだをランニングコースの向こうまで吹き飛ばす。

暗幕をびりびりに引き裂いたような三人の息が芝や砂地に散乱している。夏実にはすべての動きが目のなかで起こったように鮮明に見えた。何秒かかったかわからない。袋田のいうとおり、呼吸のことは数字で計れるものではない。

銀の息を薄闇の虚空に放つと、袋田はしゃがみこみ、三人の耳たぶの下にひとさし指を入れ、呼吸がしやすいよう、一枚ずつ黒マスクのゴムをはずしてゆく。

「自分ら、若いうちから頭でっかちなりすぎたら損やで」

こころから親身な風に、袋田は声をかける。

「いうても、きこえへんか」

六月の頭から学校がはじまる。軽く駆け足で校門をくぐり、三年の教室に飛びこむと、十五人ばかりの生徒の色とりどりの息は、二年の三学期よりこころなしか丸みを帯び、近くにいるもの同士、顔のそばでくっつき合ったり、弾ませ合ったりしている。担任教師の吐息は段ボール箱のように角張り、表面にたえまなく大小のさざ波が寄せている。

グラウンドはまだしばらく使えず、陸上部はさらなる休部を余儀なくされ、部員たちはそれぞれの慣れた場所で自主練に励むよう通達される。夏実はむろん、ひとり河原のランニングコースをひた走る。砂地を蹴り、バフの隙間から銀色の煙をこぼしながら。川上から細かなステップで走ってくる六十がらみの白髪女性はマスクをつけていない。くちびるの前で、その白髪を紫に染めた、アジサイのような息が膨縮をくりかえす。すれちがいざま、夏実が軽く頭をさげると、アジサイの女性は息と白髪をシンクロさせてあいさつを返す。

あの夜以来、袋田は河原のベンチに姿をみせていない。

翌日も、その日の夜、その次の日もいってみた。ベンチには誰もいないか、マスク姿の中年女性ふたりが小型犬のリードを手すりに結びつけて、えんえん半日、「密」な世間話に興じているばかりだった。

少し迷ってから、「えらい古い、お菓子屋」へ足をむけた。店名は知っていたが実際に店にはいるのははじめてだ。べんがら格子の窓がならぶ正面ののれんをくぐり、開けはなたれたガラス戸の敷居をまたぐや、ぷんとさわやかな餅と甘やかな餡の香りにつつまれる。ガラスケースのなかのとりどりの菓子は、ひとつひとつていねいに固められたひとの吐息のようだった。ケースの前をしばらく行き来した末、夏実は結局、袋田のことはなにもきかず、季節の水無月と寒天ベースの主菓子《おもがし》を買い、ゆったりとした歩調でうちに戻った。

紙袋の紋章をみて祖母はなつかしげに、

「あらあら」

と声をもらした。冷蔵庫からいそいそ使いこんだ茶筒をとりだすと、茶室の水屋へむかう。ひさしぶりに味わう祖母の濃茶は、とりわけ濃厚に感じた。上下のくちびるが、くっついてしまいそうだった。喉にふくみこむと、ほどよい熱さに収まった茶は、みずからの意志を持つ緑の息のようにするする流れ、曲がりくねる臓腑の奥におさまった。

月水金。夕暮れの河原での修行は欠かさない。軽い準備体操で脈拍をあげてから、前と同じベンチに腰かけ、唇をすぼませて息を吐く。はじめはランニングコースまで、つづいてヨシ原、川面、川の半ばまでたどりつくと、釣り竿をしならせる感じで上下左右に長い息を揺らせる。たったいま、隣のベンチから声が届きそうな気がしている。

「幸か不幸か、僕はまだ、なんとかこない生きてますねん」

ちがう、そら耳じゃない。耳のそばで、その声のかたちに息が吹きまく。

目をむけてもベンチには誰もいない。それは、いま、ここにいないだけだ。深いところの穴から吹きあげる風に運ばれ、ほかの誰ともつながらず、なにもない空を運ばれていく息の泡。やがて、見も知らない場所に漂着し、一瞬ではじける。

夏実はゆっくり、そろそろと息を吸いこむ。祖母の足袋のつま先のにじり方。現場で鉋《かんな》台《だい》にむかう父の背の動き。速いようで遅い。遅いようで速い。時計で計れるものでない。すべて呼吸の問題なのだ。

川向こうまで達する長さの息を、からだにおさめていきながら、夏実はみずからのうちにささやかな「器」の広がりを感じる。と同時に、この街という「器」、その底で息づくひとびとのさざ波に思いを馳せる。まわりを取りまく山、北から南へとくだり合流する二本の川。その上を東から西へ動いてゆく、流砂のようにきらめく星々。

また息を吐く。喉を反らし、真上をむき、のびてゆく息の先端に意識をのせてみる。はるか頭上、夜の雲を突きぬける。鳥の目、GPSの目で夏実は、綾なしてひろがるこの星の山稜や渓谷、海原を見おろす。

零下四十度を下まわる氷原。吹きまくブリザード。氷を削ってしつらえた窪みに、アザラシの皮で身をくるんだ袋田が身をめり込ませ、唇のまわりを凍らせながら、雪雲の通過をひたすらに待っている。

紫色の空。空気はひたすらに薄い。永久凍土のほの見える断崖の縁を、身を横にして袋田が進んでいく。頭上からひっきりなしにこぶし大の石が降ってくる。口中には束ねたコカの葉。足どりはまるで一本の糸の上を踊って歩くようだ。

荒波の海岸線。散乱する木片。鉄骨。もとがなんだったかわからない物体。打ち上げられた汀《みぎわ》から腕だけで全身を引きずり、濡れた砂の上に這いのぼる袋田。頭上では海鳥が狙いをつけながら飛びかう。仰向けに身を横たえた袋田は鳥と目を合わせおだやかにほほえむ。

「まだ、なんとかこない生きてますねん」

耳のそばの声、その息のかたち。

夏実は上をむいたまま、もう一度深く息を吸う。さらにもう一度、「器」の底から、細々と息を吐く。糸のように、龍の赤子のように、するすると空中にのびてゆく。すっと口をつぐむ。吐きだされた息はみずから身をくねらせ、闇に軌跡を残しながら、初夏の夜空へのぼってゆく。

飛んでいけ。夏実は念じる。きっと誰の目にもみえない。いつまでかかるかもわからない。日にちも時間も息のことには関係ない。どんな器におさまっていようが、もうその外へ漏れだしていようが、青ジャージの袋田さんには、この瞬間、わたしから放たれたこの息がまちがいなく伝わる。薄まろうが、弱まろうが、袋田さんならきっと感じとる。過去現在未来をこえて、この世に同じ色かたちの息など、ただのひとつもないのだから。

三日間の山の合宿から昼過ぎ家に戻ると、台所のテーブルに父の筆跡でメモが残してある。
一読した夏実は口に手をあて、息をのみこみ、ゆっくり、ゆっくり、鼓動と呼吸を整える。もう三度くりかえし読んで文面をたしかめてから、合宿中の洗いものをすべて洗濯機に投げこみ、庭木の根元にホースで水をまく。当座必要なものをとりあえずナップザックにおさめ、そうして陽に焼けた腕を洗ったTシャツの袖に通し、履きこんだジーンズに両足を通して外へ出る。

父のお下がりのロードレーサーを飛ばし、住宅地の裏道を抜けていけば、目的地まで十五分とかからない。自作のマスクをつけてから、ガラスの自動ドアを抜ける。バフを二重にかさね、パンクっぽくした一枚。ロビーにはまばらにしかひとはいない。天井近くのテレビから、スーツ姿の男性と短髪の女性による怒号のやりとりがひびいている。

案内板をたしかめ、階段を駆けあがる。二階、三階、四階。踊り場を曲がるたびゴム底の軋みがむなしく反響する。

五階、六階。

クリーム色の鉄扉を右肩で押しあける。白々とした照明の下、通り行くひとみな、顔の起伏にぴったりなじむ新開発のマスクをつけている。

クロス張りの廊下を進み、エレベーターホールを過ぎて、角を曲がったところが606

号の個室。壁にかかった名札をたしかめ、ポンプの消毒剤を手指にふりかけてから、ハンカチごしにバーを握り、スライドドアを左へ引きあける。

手すりつきリクライニングベッドの向こう側に、パイプ椅子にすわったポロシャツ姿の父がみえる。夏実のつくったマスクを顔につけている。祖母はベッドに横たわり、夜の波のようなおだやかな寝息をたてている。顔面にはやはりマスク。こちらは前面にチューブのついた、プラスティック製の酸素マスク。

父が椅子を引いて立ち、歩きながら夏実に目配せする。スライドドアをくぐり、廊下を歩きだす父に、夏実はだまってついていく。正方形のテーブルとビニール座面の丸椅子が点在する談話室の窓際、風が吹きこんでくる席に、向かい合ってすわる。

「いつからなん」

バフ越しに夏実がたずねる。

「症状は、なんとなく、きのうの昼間から出とったらしい」

と、やはりマスク越しの父の、少しすまなそうな声。

「隠しとく、なんちゅう気はあらへんかったと思うで。ああいうひとやから」

「お父ちゃん、ゆうべとか、気ぃつかへんかったん」

「すまん。わしがうどん作ってんけど、いつものことやけどな、麺類、ものすごい勢いですすらはるやん。晩飯くうてるときは、やんでたんちゃうかな、いま思たら」

「それにしても」

夏実の前髪を、開けはなした窓からの風が揺らす。

「なんなん、しゃっくりがとまらへん病気って」

「病気とはいいきれへん。今朝から酸素吸入つづけてたらおさまっとるしな」

父はマスクの中央を引っぱり、隙間を作って新鮮な空気をいれる。

「目ぇ覚めて落ちついてから、いくつか検査すんねんて。無理しんと、好きなもの飲んで食べて、味気ないホテルに一泊するつもりで過ごしてください、て、深津絵里似の女医さんが」

「しまいのんはどうでもええ」

夏実はナップザックをひらき、

「お父ちゃんも、朝からなんも取ってへんやろ。冷たいお茶のむか」

うなずく父の前にプラスティックのコップを置き、ブルーメタリックの保冷用水筒から麦茶をそそぐ。自分にもとりだしたコップに麦茶を入れ、バフを顎までずらし、少しずつ少しずつ、氷の粒をふくむように飲む。父のマスクのまわりでさっきから、赤、青、ピンク、橙と、色とりどりの、ビー玉そっくりの息のかけらが、空間に浮かんだまましばらくの間消えない。こういう状況にあっても父は、からだの底の深いところで、一定の深さ、長さの呼吸を保っている。

父娘だけあり、夏実のまわりで浮遊する息も、多少小ぶりな、カラフルなビー玉状だ。修行と中距離走の練習を重ねているうち、くっと目の裏に圧をかけるだけで、むりに脈拍をあげないでも、ひとの吐く息の色かたちが見えるようになってきた。

マスクをつけた背の高い看護師が、ビニール袋のような息をたなびかせながら談話室のテーブルを消毒してまわる。いちばん奥の窓辺の席では、頭にヘッドギアを巻いた老人が窓にむかってすわり、マスクのすきまから赤い飛沫を点々とこぼしている。

６０６号室にもどると、祖母が目をさましていた。ソファのように引きあげたベッドに背をもたせかけ、看護師が点滴のノズルを差しかえるのを興味深そうに見ている。酸素マスクははずされ、医療用の白い立体マスクを鼻口にはめている。

「おばあちゃん、おはよう」

パイプ椅子の背もたれを握り、夏実が晴れやかな声をつくる。

「こんな高級ホテルで起きたら、びっくりして、しゃっくりとまったやろ」

「ほんまやわ」

マスクのなかで祖母は笑い、

「とまった、とまった」

「窓、あけるね」

ストッパーをはずしサッシ窓を二十センチほど押しあけると、六階の高さにもこもった初夏の風が、部屋に吹きこんできてあざやかに渦をつくった。父はそばに来て御所の樹冠をみおろしながら、昼ごはん、下でうどんでも食うか、なんにする、とマスク越しに訊ねた。あまりのことに夏実はつい吹きだし、緑の風のなかに色とりどりのビー玉を十五個ほどこぼしてしまう。つくづく高いところから見わたすのが好きな父だ。

「夏ちゃん」

ふりかえるとマスクをはずした祖母と目が合う。酸素吸入のせいか、頬がいつもよりいっそうピンク色に上気している。

「悪いけど、夏ちゃんの手作りマスクに替えたいんやけど、持ってきてくれはったか」

「もちろん持ってきたよ。五種類。よりどりみどりやで」

「へえ」

祖母の下半身を覆うシーツの上に、青白の市松、五月雨《さみだれ》、虫かご、スイカ、風鈴の柄のマスクをひとつずつ置いてゆく。いつまでもお洒落好きな祖母は、目を輝かせ、ピンク色の頬をいっそう赤らめて一枚いちまい手にとり、嬉しげに顔にあててみる。

紅のくちびるから、ガラスのように澄んだ息がころころと転がり、シーツの上でやわらに跳ねる。祖母が手を動かすたび、次から次にリズムよく、ほぼ同じ大きさ、かたちの吐息が口もとからまろび出、一瞬空中に浮かんでから、６０６号室の床へしずしずと舞い落ちる。

父はあいかわらず窓際に貼りつき、御苑の森と飛びかう野鳥を見つめている。

夏実はパイプ椅子をずらし、しゃがみこんで祖母の息をみつめた。やはり、吸入した酸素のせいか、それとも祖母の、祖母にもわからない奥のほうで、なにかの記憶が発露したのか。祖母の息は、薔薇のかたちをしていた。世界一のガラス職人が手がけたような、薄い花弁を重ねた、繊細な薔薇が、口もとからぽろぽろこぼれ落ちていた。五秒、十秒、十五秒経っても消えない。ほんとうに、誰かが贈ってよこしたお見舞いの花のように、いつまでも空気に溶けずその場所にある。

まさかと思って指を伸ばしてみたら、薔薇の息はつまめた。ひとつひとつつまみあげ、ベッド際の床頭台にならべた。究極にととのった、そのひと本来の一本の息。にしても、なんで茶人が薔薇やのん、胸の奥でそうひとりごち、ベッドに顔をむけたら祖母の目が、五色のマスクの束を手に、夏実の手先をじいっと見つめている。

「おばあちゃん」

と夏実。

「ひょっとして、ほんまはずっと、見えてるんちゃうん」

祖母は視線をゆっくりと夏実の顔にうつし、

「めーてへん」

と笑みをつくる。

紅のくちびるからポロポロと、すきとおった薔薇がつぎつぎにあふれる。吹きこんでくる緑の風が、銀色の花を天井にまいあげる。

「ほんまにい」

問いかける夏実に、祖母はただ、ほたほた笑いながら、

「めーてへん、めーてへんて」

桃息吐息

夏の終わりの河原の芝生を、小走りに戻ってきた三人の小学生に、

「なんべんいうたらわかんねんな」

上下ジャージ姿の夏実はプラスティックバット片手に首をかしげ、

「まだ足から出てんやん。自分ら、プールの飛びこみ思いだしてみ。台の上から手ぇのばして、頭からドボンいくやろ」

天然パーマの五年生、大伍は、

「あの、ぼく、ばんざーい、て足から落ちますけど」

「君のあほなとこきいてへん」

と夏実。

「ええか、短距離は、スタートで半分以上決まるん。スタンディングの姿勢で、足から一

歩前に出てる時点で、コンマ三秒遅れてんのん。頭から先に突っこんで、それに足がついていく、それがダッシュの基本。もう一本いくよ」

アオガエルみたいな黄緑ジャージの祐二が、わざとらしく喉をかきむしり、

「コ、コーチ、休憩しいひんと死ぬ」

「あのな、あたしも忙しのん。今年の大会スケジュール、どないなるかまだわからへんけど、コーチも自分の練習メニューこなさんなあかんねん。あんたらが、どないしてもていうし、つきあったってんねんで。はい、さっさともう一本」

鬼や、鬼ナツミ。三人はこそこそささやき合いながら横一線に並ぶ。プラスティックバットを地面に立てた夏実は、三人の進む方向へ指先でそおっと押したおす、そのタイミングで、

「ゴー！」

じたばた芝を踏み、三人が走りだす。引きすぎた祐二の尻を遠目に、あかんやん、夏実は顔の下半分を覆うランニングバフのなかで苦笑を漏らす。三人がスタートしたあとの芝生には、深紅や黄金色の、こんぺいとのような粒が点々と転がっている。

前年の冬、この同じ河原で、大伍の手からすり抜けた金属バットが後頭部を直撃して以来、夏実はひとの吐く息の色かたちが目に見えるようになった。

父によれば「遺伝やな」とのことで、父や祖母も若い頃そうだったし、いまもその気になればすぐさま、特異なその視力を取り戻せるらしい。

不定型な、色とりどりの息が頭上に浮かび、足もとに散乱し、街路樹に引っかかっている様が、はじめのうち、無気味で異様でしょうがなかった。半年以上修練をつづけ、自分の呼吸が自在にコントロールできるようになってからは、息に彩られた世界を気楽に見わたせるようになった。吐かれた息で相手の機嫌や体調など、本人も気づかないうち推し量ったりもできる。

ここ半年、外を行きかうひとのほとんどがマスクをつけている。すきまからこぼれでる吐息は引き裂かれた綿のようにきれぎれで、色も押しつぶされてにじみ、見ていて楽しいとはけしていえないけれど、まあ、そんな息たちもまた息のうち、と夏実は、祖母や父がふだんそうであるとおり、角立てず、鷹揚な心もちで毎日を過ごしてきた。週日は朝な夕な通学路をたどり、部活のない土日はランニングバフをつけ、河原のコースを自分のペースで走りこむ。通っている高校は小学校からの一貫校で、中学受験で「横はいり」した夏実は、来春からそのまま、大学の文学部に進むことが決まっている。

大伍たちから声をかけられたのは八月中旬の午後。おねえさんの走りがヤバイ速いのんはずっと河原で見てて知ってる、野球の試合で、確実に盗塁決めれるようコーチしてほしいんですけど、という。今日は練習の七日目。祐二はむろん大伍本人も、去年のバットのあの一閃が、夏実の暮らしにどんな彩りを添えたかは想像もしていない。

七本目の三十メートルダッシュを終えた三人が腰に手を当て、こんぺいとの息を周囲に振りまきながら小走りに帰ってくる。運動する小学生はマスクなどつけない。いちばん後ろを走ってくる小柄な夕陽が、じつは、いちばん見込みがある、と夏実はひそかに思っている。

黒地に赤い縁のベースボールキャップ、真冬なのにロンT一枚、着古したジーンズ。えっらい整った顔の男の子、と思っていたら、夕陽は、隣の学区の小五女子だった。大伍たちのクラブチーム「鴨西ファルコンズ」では、四年の春からショートストップを守っている。

夏の盛りは短距離ランナーのように駆け去った。ふだんとちがったのは、仏壇の空気がほんの少し華やいで見えたこと、父と、父が十四代目を継いだ工務店のみんなと、事務所の屋上から、北の山々に灯される送り火を眺めたことだった。例年のような文字のかたちでなく、点々と、まばらに散らばる護摩木の炎にむけ、全員で頭をさげ手を合わせた。暑気の残る夕暮れの河原を走りこむうち、夏実の夏休みはいつのまにかあけていた。

月曜の朝、始業式の前からそれははじまった。校門をくぐりながら生徒たちは機関車のようにとりどりの息を噴きあげていた。式といっても講堂には集まらず、教室のスピーカーから流れる校長のちょっといい話を全員できく。

「夏実、ちょお、ええか」

廊下で声をかけられ、振りかえると同じクラスの柔道部主将ヤマイチだ。拝みたおすように、裏階段の踊り場へ夏実を連れてきたヤマイチは、マスク越しに、

「真正面からぶつかるわ。夏実、俺とつきおうてくれ」

といった。夏実は噴きだしそうになったが、ヤマイチの膨れあがった目の表情と、それと同じくらい艶やかな吐息の粒が、マスクの横からぽろぽろあふれ落ちるのを見て、バフの下から、

「ありがとう、ヤマイチ」

とこたえた。

「気持ち、めっちゃ嬉しいよ。あたしもヤマイチのことぎらいやないし。けどあたし、いま頭んなか、陸上一本やねん。ていうか、陸上一本にしたいねん。ていうか、ヤマイチ、あんた、二組の白井サトミとつきおうてるんちゃうかったっけ」

「あ」

とヤマイチは声をあげ、退場を喰らった表情で裏階段をおりていった。

始業ベルが鳴り、始業式がはじまった。この日の校長は、「距離をとっているからこそ見えてくるものがある」という意味のことを、冬の星座に託して語った。

始業式が終わり、二時間目は英語、三時間目は数学、四時間目も数学。そうして昼休みを迎える頃には、夏実の心身は、犬が嚙むお気に入りタオル並みにぼろぼろに疲弊していた。三度の休み時間のあいだに、男子生徒八名から次々とたてつづけに告白をうけた。昼休みの廊下には三年生ばかりでなく、ふだん見なれない一年二年の男子たちが「密」にあふれ、ガラス窓ごしにらんらんとこちらを見つめている。

担任教師の古川が、3-3のクラスの前への、他のクラスの生徒の出入りを禁じた。その古川の目さえ、ことばにするわけにいかない感情にあふれ、赤、青、黄と、劇的な色の息のかけらがマスクの縁からきれぎれにこぼれている。

火曜、水曜と、授業中の教室にはずっと、南国の植物園のような重たるい香りが熱くこもった。放課後のグラウンドに足をむければ、まなざしを燃え立たせた後輩たちが首をそろえて待ちかまえている。センパイ、夏実センパイ、声を限りに張りあげながら、ばらばらに距離をあけて後をついてくる。ランのスピードをどれだけあげようが、大小とりどりの息をバフのすきまからトラック上にばらまき、夏実の背だけを見すえ、ただ一心にダッシュで追いすがる。

　木曜の昼休み、ふだんからよく話す女子七人が、別棟の食堂の隅に夏実を隔離した。まわりを隙間なく取り囲み、はいってくる男子ひとりひとりへ、マスクの上からつららの視線を突きおろす。近づきたそうなそぶりの生徒たちが十人以上、目を赤くうるませ、回遊魚のように淡々と食堂の通路をまわっている。

　夏実、とスカート丈の超短いユウキが腕を組み、

「あんたなんか変なクスリでもやってんちゃうやろね」

「そんなわけないっしょ」

　テーブルに突っ伏したまま夏実が消え入りそうにつぶやく。

「あたし、これでもアスリートやで」

　同じく中学からの「横はいり」組、短髪の青海がテーブルの真向かいから、

「三年なってから、ちょっと変わったやん、ナッチって」

　と鋭いことをいう。

「なんか、余裕、っていうか。なんでもうけとめてくれそうな空気、いうか。まあ、それとこのいきなりのモテがどない繋がるんか、繋がれへんのか、ようわからへんけど」

「あの、いいっすか」

と、いかにもイケメンを自覚した風の一年男子が、ネクタイの結び目にひとさし指を引っかけながら腰で寄ってき、

「センパイら、空気読んでくれはらへんと。おれら、もう告る順番まで決めたあるんで」

みれば、その後ろに二十人近くが列をなしている。ユウキは一歩前へ出、イケメン一年坊へにこやかな笑みを投げると、

「去《い》ね。うちらの視界から、一瞬で消滅せえ」

いつもユウキとつるんでいるマユ子がため息をつき、

「もうあれやね、更衣室か、女子トイレしかムリかも」

すると、

「ふうん、どうやろねえ」

ピンク縁メガネの小柄な笙子は小学生からのエスカレーター組で、たおやかで奥ゆかしくみえるくせ、気がつけばいつもその場の中心でみなの耳目を集めている。

「夏ちゃん、いまモテたはんのん、男子からだけにみえるやん。でも、どうなんやろ、うちらこないして、夏ちゃん囲てんのんて、どうゆう気持ち。自分の彼氏や、好きなひとに告らせたない、て、ほんまにそれだけやろか。正直、どうなん」

夏実はテーブルから顔をあげない。他の六人はこたえず、ただごくりごくり沈黙を呑み

こんでいる。

　こともなげに笙子は、

「ようわからんけどな、なんやろ、うちらも、夏ちゃん、取られたないんちゃうの。へんな男子とか、よう知らん女子とかに。夏ちゃん本人、意識したはらへんとは思うけど、でも、新学期はいってすぐ、うちらも全員夏ちゃんに、ぐうって深いとこ、つかまれてしもてるんとちゃうんかなあ」

　雷鳴のように始業ベルが響く。夏実は顔を覆ったまま、

「あたし、帰りたい」

「帰り、帰り。先生にはうちらから話しとく」

　と青海。

「教科書とかカバンとか、帰りがけに、うち、持ってってたるし」

「あんがと」

　と夏実。

「あと、陸上のヤマセンにもいうといて。アシスタント、いまはムリです、て」

「あんなあ、夏ちゃん、帰る途中もな、ほんま気ぃつけよし」

ほほえみながら笙子が、背骨に沿っててのひらを当てる。と、ピンク縁メガネのレンズ

がぼっと燃えあがるように曇る。

「盛りの野良犬て、どっから飛びでてきはるかわからへんえ」

どないしたん、とも、えらい早いな、とも、祖母はいわない。雪見障子のガラスから陽の射す茶室、通称「おばあちゃんの部屋」に座し、新聞紙の上に並べた草束を吟味している。指先で一本ずつ取りあげては、別の紙の上で七つの山に分けてゆく。夏実は差し向かいに座り、両手を畳についで見つめている。はぎ、ききょう。くず、ふじばかま、おみなえし。おばな、なでしこ。秋の七草。

「おかゆさんにはしいひんけどな」

取り分けていく一本ずつに、祖母は微笑みかけながら、

「かいらしいだけやのうて、お薬や、香水にならはるんや、秋の花は」

「今年は、いつもより少ないね」

夏実がいうと、

「しゃあないわ、コロナやし」

祖母はこたえた。はらはらと半透明の、竜胆《りんどう》そっくりの吐息が膝前に舞う。

もうお弟子さんはとっていないはずなのに、七草も亀甲棚も廻り花も、いつ誰の手で運

ばれてくるのだろう。ふと目をやれば、おばあちゃんの部屋にはいつも、その時節にふさわしい飾り付けが施されてある。

紙の上の七草を祖母が台所へもっていった、そのあとの畳を棕櫚《しゅろ》の箒で掃いておく。祖母が戻るころにはもう茶釜の蓋が松風の音をたてている。来客がないかぎり、秋から冬に入っても祖母は堂々と風炉《ふろ》をつかう。そのかわり、紅茶にも番茶にも、味噌汁のだしにさえ、茶釜で沸かしたお湯を用いる。

茶入《ちゃいれ》に茶碗。柄杓に建水《けんすい》。どの道具も、いつもの距離を保ち、いつものたたずまいで祖母とともにある。その、あまりの変化のなさに、いつのまにか、夏実は深くうたれている。お菓子は蒸したてを、ちょうどよく冷ました上用饅頭。半分に割った右のをふたくちで、左のをみくちで食べるのは、夏実は意識してでなく、おさないうちから、誰にいわれるでもなくそうしてきた。

「お茶のお菓子て、季節ごとの息にそっくりやね」

夏実がいうと、

「そやねえ、昔の職人はんは、みぃんな、見えたはったんかもわからへんえ」

祖母はこたえる。漆黒の茶碗に、目にあざやかな緑の光が降り落ちる。湯気の逆巻くお湯が注がれ、茶筅《ちゃせん》がおもむろにまわりだすや、茶室に濃厚な、おばあちゃんのにおいが、いつものようにたちのぼる。

出しふくさを広げた瞬間、夏実のなかでもなにかがしずかにひらく。楽茶碗を載せ、わずかに振り向かせた縁に口をつける。ひらかれたそこへ、ゆっくり、ゆっくり、濃茶のあたたかみが流れおちる。ひとくち、ふたくち、三くち半。お茶が流れこんだだけでなく、夏実のからだはいま、たったいま、この瞬間にふさわしい色かたちの呼吸で整えられている。

茶だまりの緑を見おろしながら、

「おばあちゃん、あんね」

夏実がつぶやく。

「最近、急にもてて、かなんねん」

「へえ」

膝を夏実に向け、座っている。

「夏ちゃん、べっぴんさんやさかいに」

「そういうことやのうて」

といって夏実は、二学期にはいって以来の顚末を、祖母にわかりよく順序だてて物語った。途中からじょじょに、自分の語っていることを、自分の口で語りきかされている気がしだし、そうすると語っている内容、語られている状況ふくめ、すべてが可笑しくなってきた。こんなことの、いったいなにがしんどいんやろ、と。さらに、告られ、断って、告られ、断って、てあたし、自意識過剰なんちゃうん、と夏実は思った。しんどいのんて、ほんまは「告って断られる」ほうやもんね。

　話を聞き終えた祖母は、

「ふーん」

　と考え、

「それな、夏ちゃん、うちもおぼえあるえ」

「え」

「マジに」

　夏実は思わず正座を崩し、

「そらもう、紅葉ふってくる勢いでラブレターもろたで。十七、八の秋」

「そうなんや」

　夏実は座りなおすと、あらためて祖母の、薄化粧した相貌をみつめた。

「春んなったら、ぴた、てとまったわ。七草といっしょで、たぶん季節もんなんや。崇もたしか、受験前の時期、えろうもてとったし」

　夏実は畳に両手をつき、

「お父ちゃんが。うそやろ」

　祖母は空の茶碗に柄杓でお湯をそそいだ。まくまくと、ひとの立ち姿のような湯気が茶釜の上にあがった。

　柄杓を茶釜の口にかけながら、祖母はいつになく深い笑みを作り、

「うちは、うそは、いいまへん」


「マジやで。モテモテやった。おかげで一浪や」

　父の祟は、新しい工作機械のカタログをちゃぶ台に置きながら、こともなげに返した。愛用の印半纏をハンガーに吊し、縁側の鴨居に引っかける。半纏の表裏には、玄関で消毒用のアルコールを吹きかけてある。

「お父ちゃんが、モテモテ」

　襖のドブに背をもたせかけ、夏実は見あげる。生煮えのコンニャクを噛みしめたような表情で、

「悪いけど、キモいな」

「しゃあないやろ。おれのせいやあらへんし。ん、いや、ちょっとはおれのせいか」

崇はちゃぶ台についてあぐらをかき、夏実のいれた煎茶の湯飲みを両のてのひらで柔らにつつむ。日暮れから今夜は雨になるらしい。

「お前とおんなしで、高校んときは部活しかやってへんかったし、三年で引退した十月末から、よっしゃ、とにかく詰め込みや、いうて受験勉強はじめたんや。朝から、いちおう、学校の図書室いって。で、初日から、ごっつい目ぇおうてな」

「どんなん」

「柔道部のイガグリのでぶちんが、膝の上にのってきはった」

「え」

と夏実。

「イガグリで柔道部て、男なん」

「当たり前や。お父ちゃん、男子高やで」

崇は湯飲みを持ちあげ、煎茶を端からくわえこむように啜る。

「いきなりおれの膝に横座りしよって、ぱちぱち瞬きしながら、甘いもん食うたら頭さえるし、ミツマメ、いっしょに食いにいかへんか、とかいわはんねや」

「うわあ」

柔道部て、まっすぐすぎるひとが多いんかもな、と夏実は思った。

「そいつ断ったら、今度はサッカー部。バスケ部。秋冬は暇な水泳部。おれが必死で、複素数やら補集合やら頭しぼっとんのに、次から次と、目ぇキラキラさした詰め襟の学生が隣きて、横からじいっとおれの顔見つめたり、袖の金ボタンちゃらちゃら触ってきたり、頼んでもないのに鉛筆削ってくれたりな。図書委員さんも来はったわ。記念に、貸出カードくれへんかな、いうて」

「お父ちゃん何部やったん」

「ずうっと野球」

崇はひとさし指を立て、

「お父ちゃんがモテモテは、お前からしたら、キモいかもな。けどな、おれ、けっこう嬉しがっとったと思うわ。そいつら別に、おちょくってるわけやあらへん。不器用やけど、それぞれ本気で、こんなおれに、必死でアプローチしてきてくれたはんねん。で、おれ思た。勉強なんか、あとからなんぼでもできる。いまはこいつらみんなの気持ちにこたえたらな、て」

「ほんで」

「受験やめた。で、もいっこ、新しいクラブつくったんや。『タカシ部』ていう。柔道部もサッカー部もバスケも水泳も、図書委員もみんな入ってもうてええねん。もちろん野球部のやつらも。で、毎日ずうっと、グラウンド走ったり、野球の紅白戦やったり、カラオケボックスいったりして、卒業までみんなで過ごしたんや。三月んなったらみんな、ふうっと熱が冷めるみたいに、ばらばらに散らばっていかはったわ」

「ふうん」

夏実はしばらく考え、

「お父ちゃん、それは、キモないわ」

「そうかあ」

崇は明るく笑ったあと、

「あんなあ夏実。さっき、ちょっとはおれのせいかも、ていうたんは、息のことやねん」

少し落ちつかせたトーンの声でいった。

「どういう理屈か、ぜんぜんようわからへんねんけど、こっちから息がみえてるていうんは、向こうからしたら、みられてるわけやろ。意識しいひんとしても、呼吸の底では、向こうもなんかしら感じたはんのとちゃうか、て思うわけや」

「感じたはる、て」

「いや、正直、ようわからへんねんけどな」

トーンをまっすぐ保ったまま、

「深いとこに触れてもろてるとか、なんかつながってくれてる感じとかな。考えてみ、ある十代の秋、ばあちゃんもおれもえらモテの時期があって、で、今年は夏実、おまえにそれが来たわけや。で、おれら、息がみえる家系やろ。ひとが息してる、て、おれらがふだん思てるより、よっぽど深いし、でっかいことなんやないかな。なんせ、生きてる、ていうこととおんなしなんやから」

「ふうん」

夏実は膝の上に額をつけ、少し頭をめぐらせてから、

「わかったような、わからへんような」

ぷう、と音をたて、薄桃色の球形を吐く。

「でも、うちはムリやな。よう作らへんわ、『ナツミ部』」

「男子高と共学の男女では、呼吸の質がちゃうやろしな」

と崇。

「けど、おれのいうことがピンずれやなかったら、もとのとおり、んな無茶にはモテへんように、できるかもしらへんで」

「ええ、どない」

顔をあげる夏実に、崇は低く笑って、

「そんなん、達人の夏実サンにとってみたら、かんたんなこっちゃろ」

月曜から夏実は高校へもどった。一時間目の教室を見わたすと、ふだんとなんら変わりはないはずなのに指先が妙に冷たく、鼓動が急に高まる感じもして、あかんあかん、と内心で首を振り、ゆっくり、ゆっくり、深々と吸気をいれた。

「おはよ、ナッチ」

うしろから、マスクごしでも張りのある青海の声。

「んあ、おはよ」

「あれ、今日は男子、並んでへんやん。てゆうか、ナッチ、風邪?」

「ううん。めっさ、元気」

「ほーなん」

青海は夏実の顔を正面からまじまじと検分し、少し怪訝そうに、

「元気やったら、別にええねんけど」

「あんがと」

一時間目は英語、二時間目は現代文、三時間目は世界史、四時間目は倫理。授業中に潤んだ瞳で見つめられることも、終業チャイムのたび外廊下に男子生徒があふれかえること

も、机に戻ると引きだしから折りたたんだ紙や封筒がこぼれそうになっていることも、この日は一切おこらなかった。昼休み、食堂でテーブルを囲みながら、夏実はほぼ一週間ぶりに落ちついた呼吸で、バフを顎の下までおろし、やわらかなたぬきうどんを啜り、お稲荷さんを頰張った。

「いきなし終わったね」

と、ユウキはストローを弄びながら、

「夏実のモテ期」

「まあ、そんなもんやって」

と夏実は、二個目のお稲荷さんにかじりついている。

「なんか、もったいないわあ」

とマユ子はまわりを見渡し、

「さかってる男子の顔、けっこうおもろかったのに」

「ひとごとやと思て」

夏実は鼻で笑い、

「けど、ちょっとうらやましかった？」

七人全員マスクのまま首をふり、ない、ない、と唱和する。

「よう知りもせん下級生と密になんかなりたないし」

「ていうか、いまどきどんな相手とでも避けるやろ、濃厚接触」

口々に飛びかうつっこみににやけながら夏実は、真水に泳ぎでた海の魚のような、あやふやな喉のつっかえを覚え、咳払いをひとつ。そうして意識し、喉から肺腑、さらにその奥底へ、か細い一本のつらら状の吸気を長々といれてみる。曇りなく、まっすぐに吹きとおる。

と、笙子が耳に口を寄せ、

「夏ちゃん、離してくれたん？　それとも、つかんだまんま？　気にしんといてや、うちらは、どっちでもええねんで」

ピンク縁メガネのむこうで目を細めささやく。

「古い街に住んでるかぎり、多かれ少なかれ、そういうことはお互い様なんや、て、うちのお母ちゃんもいうてた」

「ありがとうな、笙子」

振り向き、笑いかけながら、笙子のいっていることが、いまの夏実には少なからず胸に迫ってわかる。

日曜の午後から月曜の昼休みまで、色かたちのある息を一片すら見ていない。前日の昼間、以前に息の修行に励んだ河原のベンチに座り、まぶたを細めたり遠くを見たり、眼球をゆっくりと膨らませる感覚を磨いたりするうち、「息が見える視覚」を、物置に脚立をしまうように、自分の目の奥に畳みこんでおけるようになった。

初心者だとなかなかこんな風にいかない。修行の成果もあるだろうが、連綿とつづく家系のなかでも夏実の「息づかい」はとりわけ秀でているのかもしれない。また、素直にのびてゆこうとする本人の性格のおかげかも、あるいは、夏実を指導してくれた青ジャージの達人の息が、ベンチ周辺にまだ残っていてくれたのかもしれない。

父のいうとおり、理屈はとんとわからない。けれども、息の視覚を抑えてしまえば、自分を取りまき、ぴんと張られていたこの世の網が、やわらに緩んでゆく感覚を覚える。同じ視覚をもつ祖母や父には、夏実の「封印」がすぐさま伝わるようで、日曜の日暮れに帰宅すると、台所の祖母はわけしり顔でうち笑い、居間の父は、作業計画書から顔をあげ、

「お、すっきりしたんやないか」

と目をこすりこすり笑みを向けた。この街でもとりわけ古い寺社の、本堂と宝物殿の建替工事を、他の工務店と共同で任されたらしい。

高校の午後がはじまる。青にも黄にも深紅にも染まっていない、校内の空気はほぼ一年ぶりだ。どこか面はゆい思いをおぼえつつ、息の色かたちに気をとられないその分、まわ

りを飛びかう声音、視線の綾に、あらためて目を拓かれる。顔半分を覆われてしまっているいまだからこそ、生徒たちひとりひとりが、外にあらわれたもう半分で、いっそう生き生き、雄弁に語りあっている。笑う口もとは隠されているけれど、互いに微笑み合う回数は、以前よりみんな、かえって増えているんじゃないか。

青海が前にいっていた。五年前、地球の裏側ヘルシンキに引っ越した姉と、結婚に反対して音信不通だった両親が、夏以降パソコンの画面を通じ、これまでの沈黙を埋めつくす勢いで喋り、笑い合っている。

完全にわかりあうことはできないし、手をつなぐのも無理だけれど、少なくとも、この星の上でいま、相手が生きていることを、互いに信じあう気持ちは生まれた。だから、しんどいこともまああるけど、うちの家族的には、ええ風にも働いてくれはってん、この状況、と青海はいった。

いちばん後ろの席から、同級生のつむじをひとつひとつ眺める。たしかに、二年より三年になってからのほうが、学校の暖かみが増した気がするのは、きっと、息の鮮やかな色かたちが目にみえるようになったせいばかりではない。壁に貼りだされたスローガン、ヴァーチャル修学旅行のツアー日誌。開かれることのなかった体育祭や文化祭の時間。そのあいだ、ここにいるみんな、ことば少なにそれぞれの呼吸をつづけながら、互いがそこにいる、と信じ合っていた。一枚の大きな布団にくるまれるように、全員がひとつの、夏実にもみえない巨大な息に身をつつまれて。

気がつけば、終業チャイムが鳴っている。

いつもなら教室じゅう、マスクの隙間からこぼれおちたとりどりの破片が羽毛のように舞いたつ時間。目に映らないそれらをまぶしげに見あげ、ショルダーバッグを右肩にひっかける。かけあう声、さりげない目配せ。この教室で、みなと同じ息のもとで過ごすのもあと百日ほどにすぎない。

陸上部の部室に向かう途中、顧問の教師山口に、今日のスケジュールを確認しておこうと体育教官室めざし、廊下を曲がって裏階段をおりかけたとき、不意に、いがらっぽさと甘さを足し合わせた独特のにおいが、ランニングバフの布地をとおし鼻孔の奥へすべりこんだ。夏実は一瞬たちどまると、軽く早足で階段を駆けおりて二階の廊下へ出た。美術室に灯りがつき、前の戸が半開きになっている。

戸のすきまに顔を差しいれる。テレピン油のにおいがいっそう強く鼻を打つ。１００号以上あるキャンバスの横から、小さな椅子に腰をかけた男子生徒の顔が垣間見える。あいかわらずの坊主頭、鋭すぎる目、上下不揃いのジャージは、赤、黄、緑、色とりどり絵の具まみれだ。

視線に気づき、

「なんや、夏実か」

生徒は表情をゆるめ、絵筆を膝の上におろした。

「なにしてんのん、キーチ」

夏実の問いかけに、

「息抜きや」

と坊主頭の男子はこたえる。

「試験まで半年切ると、予備校のアトリエ、息がつまりそうやねん」

吉田喜一は中高の一年先輩、というか、夏実が小中九年通っていた、美術スクールの同窓生だ。一見おだやかで暢気そうだが、こと創作に関しては、上級生でも友だちでも、適当な態度には焼きつくさんばかりの口調でくってかかる。こともなげな手さばきで、見る側が息をのみ、一歩後ずさってしまうような絵を昔から描く。高校は一年時にまるまる休学し、それで夏実と同学年になったが、これまで校舎内で見かけたことは一度か二度しかない。

「マスクしいひんの」

戸口から夏実がきく。

「ひとりで、ここでおって、なんでマスクなんかいるかい」

乾いた秋の空気に窓のカーテンがさわさわと揺れる。喜一は肩をすくめ、見あげるようなキャンバスに視線を戻し、握り直した絵筆を動かしはじめた。夏実は、額縁に収まった少女のように、戸のすきまにはさまったまんま、しばらく眺めていた。

風に運ばれてくるテレピン油のなつかしい香り。スクールの壁に貼りだされた、いくつもの絵が脳裏をめぐる。キャンバスの手ざわり、絵の具の発色、筆で線を引いていくときのあの、無限にさえ触れられそうな未知の感触。

夏実はマスクをはずし、澄んだ声で、

「キーチ」

「なんや」

「作品、見せてもろてかまへん」

喜一はおもむろに視線をむけ、

「そんなん、俺がどうも思うわけないのん、おまえ、昔からよう知ってるやん」

作品はほぼできあがっていた。喜一の描く速さは夏実には異様だ。本人には急いでいるつもりなどないらしい。この世にひとり、喜一にしか見えていないものを、絵の具の色、線、かたち、その全体をつかって、絵の向こうからキャンバス上に、ただまっすぐに浮かびあがらせる。いま、夏実の目の前に浮かんでいるのは、青白く燃えあがる氷山だ。凍てつく海か、それとも宙に浮いているのか、この世でいちばん大きな氷のかたまりが、青黒い闇の果てからたったいま、喜一と夏実の目の前に流れつこうとしている。

視線を動かすと、山頂のあちこちがチラチラと色味を変える。ただの氷山でなく、まるで色自体が生きているみたいだ。

「すごいなあ、この絵」

夏実が嘆息すると、喜一はフヘへ、と笑い、

「大きいもん描くと、なんや、気ぃ晴れんねんか」

「こんなん描けんのに、キーチ、芸大とかいく必要あんの」

「うーん」

喜一は後ろにもたれ、椅子をゆらゆらと揺らせながら、

「必要があるんかないんか、そういうのは、俺、わからへん。ひょっとしたら、ないんかもしらへんなあ」

といった。

「けど、芸大いったら、もっとうまいやつの絵、いっぱい見られるやん。画廊や美術館とかやなしに、ナマで。そのナマの空気が、俺は、おもいっきし吸いたいねんな」

夏実はもうしばらく氷山の絵を見ていた。そのうちに喜一は背を軽くこごめ、迷いのない手つきで絵筆を動かしはじめた。夏実は息を詰め、後ずさりでキャンバスの前を離れ、そのまま何もいわず美術室の戸口まで静かに歩いていった。

戸をくぐりかけ、そっと振り向く。目の奥に軽く視線の力をこめてみる。たちまち鮮やかに、100号キャンバスの前の空気が変色する。もくもくとたちのぼる煙のようなものを、戸の木枠に手をかけ、夏実はふりむいたまま、じっと凝視する。

美術室の空中に、青白いかたまりがたちこめる。それ自体が生きもののように、大きくふくらんだり縮んだりしている。喜一は絵に集中しきっている。そうしてその、おだやかな吐息は、いま喜一の筆がキャンバスに浮かびあがらせつつある、とりどりの青に照り輝く氷山と、寸分たがわず同じ色かたちをしている。

秋の陽ざしが、おだやかに切り替わってゆく。

土曜日の広大な河川敷。夏実は青蓮公園の入り口で、三人の小学生と待ち合わせだ。三人とも白地に紺色の字で「鴨西」とプリントされたユニフォームを身につけている。

年のはじめのリーグ開幕戦。どうか応援にきてほしい、と頼んできたのは、夏休みと二学期の特訓で、ランニングが格段に速くなった夕陽だった。祐二と大伍の男子ふたりは、緊張からか無言のまま、Ｄグラウンドの集合場所へ駆けていってしまう。まわりでは幾多のチームの少年たちが、キャッチボールにノックにと、試合前練習に励んでいる。

草に囲まれた細道を歩いていきながら、バットバッグとヘルメットを抱えた夕陽は隣を歩く夏実を見あげ、

「コーチ、キメツのなかで、誰がいちばん好きですか」

ナイキのロゴ付きマスクの奥からきく。

「炭治郎《たんじろう》」

と夏実は即答。こちらは手製のランニングバフをつけている。

「柱のみんなカッコええし、猗窩座《あかざ》とか、泣けんねんけどね、わたしはやっぱし炭治郎がぜんぶ好きかな」

夕陽は両目の縁を下げ、

「コーチらしい」

いいながら歩調を合わせる。

「夕はどのひとなん」

と、夏実の訊ねに少し考え、

「あんね、上弦の弐ぃ《に》の鬼を、追いつめたときの、カナヲちゃん」

「ええ、どんなんやったかな」

夏実はユウキからまわってきた紙袋いっぱいの単行本を、一度ざっと読んだだけだ。

夕陽はおだやかな口調で、

「ほら、花の呼吸・終ノ型《つい》で、目ぇ真っ赤にして、動体視力マックスにあげたはって」

「ああ、鬼の動きが止まってみえるやつな。で、鬼の首ちょん切ったあと、失明してまうんやっけ」

夏実のこたえに、夕陽は大きくうなずくと、

「そうです」

ゆっくりと隣をみあげてから、

「コーチ。コーチって、ほかのひとが見えてへんもん、見えたはりますよね。最近は、そんなでもないみたいやけど」

「え」

息をのむ。気づけばたちどまっていて、見あげる夕陽の顔を、まじまじと見かえす。夏実の視線をまっすぐに受けとめた小五女子は、

「やっぱり」

はっきりといって頷いた。

「あのね、うちもね、小さい頃から、ほかのひとが見えへんもん、見えるんです。いつもやなくって、ときどきやけど。最近も、赤い玉とか白い綿みたいなんが、妹や、おかあさんの顔のまわりに、ほわほわ浮かんでたりして」

「あ。ええっと」

自分の家系とつながりがあるのだろうか。いいかけたことばを何度も呑み込み、しゃっくりのような口調で夏実は、

「あ、あの、びっくりした」

「夏実コーチ、ほんまは、前からずぅっと見えたはるんでしょう」

滑らかな頬を暖色に染めながら夕陽はうつむき、

「うちもね、玉とか綿とか見えるもっと前から、そばにいたはるひとの、瞳に映ってるもんの色やかたちが、鏡見てるみたいに、わりとくっきり見えんのん。夏休みの練習のあいだ、うち実は、しょっちゅうコーチの瞳のぞいてたんですよ。知らんかったでしょ」

「知らんかった」

以前なら冗談と受けながしたろうが、いまの夏実には、ほんとうにそうなのだと受けとめるのが自然だ。ひとの息が見えるのも瞳が覗けるのも、夏実のなかでは、ひとの視力のことと考え分けるならあまり大差はない。

夕陽は下を向いたまま、マスクの下で朗らかに笑って、

「虹色の雲とか、真っ青なビー玉とか、オレンジの紐が空にくねくねのぼっていくのんとか、コーチの瞳、きれかったあ。ずうっと見とれとったん」

バットバッグを軽々抱え直し、ふたたび歩きだす。頭が真っ白なままの夏実もあとにつづく。

「コーチとうち、胡蝶しのぶさんと、カナヲちゃんみたいなんかなあ」

「いや、わたしはあんな、しのぶさんみたく優しないて」

夕陽はうち笑うと、ゆっくり振り仰ぎ、きゅっと強い視線で夏実を見つめ、

「でも、うち、しのぶさんよりコーチが好き。夏実コーチのこと、だんぜん好き。ああ、いうたった。すっきりしたあ」

伸びやかな声でいうと、夕陽は朝の陽ざしのなかくるっと一回転した。土を跳ねあげ走りだす。周囲では少年たちに各チームのコーチから指導の声が飛びかっている。

まっすぐに空間を駆け抜けてゆく小五女子の後ろ姿を、夏実は呆然と見つめた。胸の鼓動がいつになく高まっている。眼球の裏に圧を加えないでいても、夕陽の駆けていったあとの地面に、グミキャンディーをふりまいたかのようなパステル調のまばゆい吐息が、無数に散乱しているのがありありと見えている。

青々とひろがる秋空の下、川土手の道を何台も、軽トラックやライトバンが通り抜けてゆく。土手の下には市民ランナー、長い引き綱をつけた犬の散歩。やわらかな陽ざしのカーテンを揺らし、南からのそよ風がグラウンドに吹き寄せる。

ダイヤモンドを差し挟み、主審の号令を合図に、三十人あまりの少年がキャップをとって、

「おねえっ、しあっす」

いっせいに頭を下げる。青蓮寺リーグの一回戦、熊野ウォリアーズ対鴨西ファルコンズの試合開始だ。ファルコンズは後攻め。大伍はファースト、夕陽はショートの定位置でバランスよく腰を落とす。祐二は下級生五人とともにベンチから声を張りあげる。

一塁側の草地に腰をおろし、夏実は水筒の煎茶を口にふくむ。朝早く祖母が風炉の湯でいれてくれた。飲みこむや夏実のなかで、真緑の風船があたたかに浮かびあがる。

「打ったれえ」

「ピッチャー、落ちついていこ」

「リーロリーロリーロリー」

「内野オールファーストなあ」

郵便はがき

料金受取人払郵便

小石川局承認

1144

差出有効期間
令和8年3月
31日まで

112-8731

〈受取人〉
東京都文京区
音羽二―一二―二一
㈱講談社
文芸第一出版部　行

ご購読ありがとうございます。今後の出版企画の参考にさせていただくため、アンケートにご協力いただければ幸いです。

お名前

ご住所

電話番号

このアンケートのお答えを、小社の広告などに用いさせていただく場合がありますが、よろしいでしょうか？　いずれかに○をおつけください。

【　YES　　NO　　匿名ならYES　】

＊ご記入いただいた個人情報は、上記の目的以外には使用いたしません。

TY 000072-2401

書名

Q1. この本が刊行されたことをなにで知りましたか。できるだけ具体的にお書きください。

Q2. どこで購入されましたか。

1. 書店（具体的に：　　　　　　　　　　　　　　　　　　　　　　　）
2. ネット書店（具体的に：　　　　　　　　　　　　　　　　　　　　）

Q3. 購入された動機を教えてください。

1. 好きな著者だった　2. 気になるタイトルだった　3. 好きな装丁だった
4. 気になるテーマだった　5. 売れてそうだった・話題になっていた
6. SNSやwebで知って面白そうだった　7. その他（　　　　　　　　　）

Q4. 好きな作家、好きな作品を教えてください。

Q5. 好きなテレビ、ラジオ番組、サイトを教えてください。

この本のご感想、著者へのメッセージなどをご自由にお書きください。

ご職業　　性別　　年齢

10代・20代・30代・40代・50代・60代・70代・80代～

子どもたちの裸の声が、広い土の上に飛びかう。いっぽう、一塁側、三塁側、ファウルゾーンを埋める応援の親たちは、マスクやフェイスガードの下じっと黙りこみ、一球一球を見まもっている。ベンチの子どもたち以外、どの大会でも声を出しての応援は控えなければならないと、大会の主催者から通達をうけている。

今朝まだ暗いうち、ダウンジャケットに半纏をひっかけた父の崇も、現場の声がけがずいぶん様変わりした、と苦笑していた。やはり、大声をあげて呼ばわるのは禁止、足場や柱を叩いて注意をうながし、手ぶりや口の動きで意思を伝え合う。組木をもう二センチ上に、とか、そっちの玄能を籠に入れてくれ、だとか。

仕事の現場を離れても、たまの休みにはロードレーサーの隊列を組み、山野を走りぬいている崇と工務店のみんなは、視線を一瞬かわすだけで、わりとなんでも通じ合えるそうだ。いま手がけている宝物殿の大がかりな仕事では、よその土地から腕のよい職人もやってきていて、

「まるで外人はんみたいにことばが通じひん」

冗談めかし、崇は首をすくめた。

ウォリアーズの背番号10は小柄なのに小六とは思えない速球を投げる。一回二回とファルコンズは三者凡退がつづく。三回の表、サードの悪送球を大伍が後ろに逸らし、ワンア

ウト二塁。相手一番の打球が左中間を破り、ウォリアーズに先制の一点がはいる。

「ドンマイ、切り替えていこ」

ショートから夕陽の声が飛び、小五のピッチャーがホームを向いたまま頷く。

いまどんなもん見えてんのかなあ、夏実は膝でほおづえをついて思う。白いボールだけかな。それとも、ピッチャーのあの子のこころんなかとか。

河川敷にあふれかえる秋の光に、赤、黄、黒、緑、色とりどりの斑点や線、ちぎった色紙にセロファンの束が浮かぶ。小中の九年間、毎週土曜の朝は、美術スクールのアトリエで過ごした。ガラス張りの天井からは、いつもこんな風に光の雨が降り注いでいた。

何本ものてのひらが木の床に散らばった画用紙と筆をつかむ。摘んできた花や水槽のめだかを写生する子がいれば、その週日、学校や家で起きたことを記憶をたぐって絵の上に描きだす子もいる。

まだ小さかった喜一はたいがい部屋の隅で子どもの目にはばかでっかいイーゼルに画板を立て、木炭でピーマンやいちご、レモンなど描いたり、かと思えば、コカ・コーラや醬油瓶など真っ黒いものを、鮮やかな絵の具で描いてみたりしている。夏実は毎回、アトリエの庭や砂利道に走り出、紙と絵の具といっしょの光を全身に浴びながら描くのが常だ。

あの頃のみんなの絵を思い返すと、それぞれの画用紙のなかに、ひとつかふたつ、あるいはもっと多く、光のかたまりやからみ合った線、部屋じゅうにあふれる声といった、描いた本人にしか見えないなにかが描きだされていたように思う。アトリエのみな、とりたててあげつらう子はいなかった。それぞれ、自分にそのように見えたものを描くなら、絵がそうなるのは当たり前だから。スクールの先生たちも、戸惑いや困惑の表情は、一片すらみせなかった。先祖から伝わった茶碗にも似たこの古い街で、息をつないで暮らしているひとは、みな自然とそうなってゆくのかもしれない。

息は、光は、そこにある。気に留めるか、留めないか、そのちがいがあるだけ。夕陽に見えているなら、ベンチの祐二にも、グラウンドに散った選手たちの悔しさや喜びが、からだの輪郭からにじみ出す霧やもやになって見えているのでは。一塁の大伍の目にも、バッターボックスで素振りを繰り返す相手打者の鋭い意思が、まるで銀の矢印みたいに、まっすぐ向かってくるのが映ってるんじゃないだろうか。

その大伍が、五回裏、左打席に立つ。ツーアウト一二塁のランナーはともに四球。一球目、二球目を見送り、三球目は外角高めのスローボールを空振り。四球目、胸もとを急襲する速球に、くちびるを嚙みしめた大伍は、これまで練習してきたとおり、コンパクトに腕を畳んだままバットを一閃。渾身のスイングにヘルメットとキャップが脱げ、天然パーマの髪が爆発する。その勢いのまんま、ダイヤモンド上を飛んでゆくのは、あれは昨年、夏実の頭を直撃したバットではない、ウォリアーズのエースによる渾身のストレートを、ファルコンズ三番ファースト、天パ少年大西大伍のバットが、雷鳴とともに弾き返した稲妻の打球だ。

走者一掃のスリーベース、これで逆転、二対一。

応援席のファルコンズ側家族はこらえきれずに立ち、手を叩いてはしゃぎ、マスクものかは、大ちゃんナイスバッチ、ええでナイスラン、さああと一点や、と声高に騒ぎたてる。

一塁側の草地で、夏実もむろん立ちあがっている。さすがに声は出さないまでも、わたしを目覚めさせたくらいやもん、これくらい当然、と胸で笑いつつ、三塁ベースに向け喝采を送る。軽い興奮のせいで眼圧があがったらしく、大伍の口から、銀色に輝く棒が出たりはいったりしているのが見える。両チームの選手たちの顔のまわりで、遊具のように高回転する、まばゆい色の息の連なりも。声援を送る家族らの上には、紅白の筋雲が渦巻いている。

と、笑みを消す。何心なく、センター方向をみやった瞬間。

外野の土のグラウンドの、その向こうの芝の上に、まばらに距離をおいて浮かぶ、半透明の息の群れが見える。サンゴか金平糖のようなほのかな紫色に染まっていて、宙に浮かんだまんま、右に左に、上に下に、不規則にかたちを変えながら、ゆるい川風に運ばれてくる。

ニュース映像やネット動画のなかで、目にしたことは幾たびかあった。ストレッチャーのひしめく病院の廊下、集中治療室のドアのまわり、膝をかかえて泣きじゃくる幼子たちの顔をとりまく吐息。

これか。こんなんか。

夏実は両足をひらき、灯台のように睨めつける。

この粒のせいで、あたしらは、あたしらのしたいことのほぼ百パー、前のようにはできひんくなってしもたんか。

草間に浮かぶ息はそのうちに弾け、濃紫色の微粒となって枯れ芝の上に散り、色かたちが見えなくなった。誰の息だろう、市民ランナー、犬を散歩させていた誰か。油断していて、通りすがるひとの息に注意しようなんてまるで頭になかった。紫色の息は、まばらとはいえ、次から次と風に乗ってはるか上流から流されてくる。このまま放っておいたら両チームの選手も家族たち、それだけじゃない、いまこの河川敷にいる全員の身が、呼吸が、いのちがあぶない。

ライト側ファウルラインに平行し、夏実は歩みはじめた。いきなり本気で走ってまわりに不審を抱かせぬよう心がけた。歩を進めながらランニングバフを顎まで下げ、ルビー色のくちびるをあらわにする。

400メートルリレーでも砲丸投げでも、競技中、選手以外の人間はフィールド内に進入してはならない。少年野球でもむろん同じ。

ファーストの斜め後ろから右中間に向け、夏実は、自分の透明な吐息を、ふっとひと息で150メートルの糸のかたちにまっすぐのばし、紫色の不定型な息が漂っているあたりまで届かせると、糸状の息をたゆたゆと揺らせ、浮遊する息を三つ、四つ、カメレオンの舌のようにすばやく絡め取った。すっ、と頬をすぼめ、一気に吸い寄せる。糸状だった息はまたたくまにたわみ、夏実の目の前で、紫の粒をうちに包んだ透明なボールに姿をかえた。

間髪いれず、二度目の呼吸。長々と糸をのばし、紫色の粒をからめとると、縮めた息のうちにまるく包みこむ。三度目、四度目、くりかえすごとに夏実はいっそう手際よく、飛散する粒子を含むエアロゾルを、みずからの吸気のうちへつぎつぎに封じ込めていった。

ファウルラインのこちら側、夏実の立つ周囲は、みるみるうち、凝固したしゃぼん玉そっくりの透きとおった球体であふれてゆく。グラウンドでは攻守が交代し、ウォリアーズの五番が、レフト線ぎりぎりにタイムリーツーベースを放った。これで二対二の同点。

いまの夏実は、傍目には、拮抗するゲームに興奮するあまり、ライト側のファウルゾーンでひとり、声をださずに全身で応援の意志をあらわす、少年野球好きのへんな女子に映っているかもしれない。

十度、二十度、三十度。

淡々と素潜りのような呼吸をつづけるうちに、夏実の胸のなかに一点、黒くあいまいなしみが生じていく。ひたすら息を吸い、吐き、エアロゾルを包みこむ、そのくりかえしのなか、黒いしみはじょじょに大きく広がり、吐息の透明な糸や、吸気のしゃぼん玉に、黒々とくすみをつけるまでに育ってくる。

もう、目を逸らすわけにいかない。夏実にもわかっていた。この濃紫の息を吐いているひとは、いま「生きている」。生きて、この河川敷を風上のほうへ、歩くか走るか、あるいは、自転車に乗って進むかしている。ひとが生きているかぎり、呼吸はやまない。夏実がここで、呼吸の技をいくらつかって拾い集めようが、遠いそのひとが息をつくたび、紫の粒は風に乗り、いくらでも流れてきて、グラウンドじゅうにとめどなくひろがる。際限がないのだ。

呼吸に戸惑いがまじった一瞬、紫色の粒子は右中間を抜け、これまでになくダイヤモンドへ接近する。二塁手の背に付着せんばかりのタイミングで、夏実の息の糸はエアロゾルをからめとりしゃぼん玉に収める。今度は飛沫がレフト方面に流れ、夏実は口をすぼめ、吹き矢のように飛ばした銀色の吐息でキャッチした。

「ファースト、うってこいやー」

「ワンナウト、ワンナウト、あとふたりぃ」

「内野オールファースト、しまっていこー」

センター、三塁審、今度はライト、一塁審。ベースを踏んで腰をかがめ、牽制球にそなえる大伍にエアロゾルが忍び寄る。夏実は汗だくになって息を荒らげ、三方、四方へ息を吐き、透明な息で紫色の粒を一気に集めた。それでもまた外野から風が吹き、河川敷を歩く誰かの口から発せられた浮遊する吐息は、つぎつぎと無邪気に、子どもたちに遊びかけるかのようにダイヤモンドへ迫りくる。

夏実の胸がえずきだす。準備運動なしに1600メートルを全力疾走した気分。試合は六回表、あと六回の裏と七回の表裏まで試合はつづく。それまでわたしの息ってもつんかどうか。いや、なんとしてももたせんな。

ワンアウト一塁二塁から、七番が放ったセカンド左への鋭いライナーを、ショートの夕陽は横っ飛びにつかむや、そのままグラブで二塁ベースにタッチ。ひとりでダブルプレイを完成させる。まわりで誰にも気づかれないまま、夏実の息がめまぐるしく飛びまわり、ウォリアーズのランナーふたり、ファルコンズの二塁、笑顔でベンチに戻る夕陽らを、紫色粒子の感染から守り抜く。

六回裏、守備の選手交代があり、グラウンド内に漂う紫の粒はてんでんばらばらに揺れ、千々に広がる。夏実はもう気が遠くなりながら、内外野につぎつぎと息の糸を吐き、漂う飛沫を集めようとする。ウォリアーズの投手のキャップに、三塁手の背番号に、ショートストップの腰のベルトに、紫色の粒子がにじり寄る。夏実は息の糸をダイヤモンド半ばまでしかのばすことができない。なんとか三塁にまで届かせようと、ふらふら、よろよろ、ファウルラインに近づく真っ青な顔の女子高生に、一塁審は気づかない。顔を三塁側に向け、不審げに見あげている。

三塁側の土手の上に、ついさっきまでいなかったひとかげが立っている。銀色の鉄仮面をつけた、どう見ても宇宙人だ。宇宙人の指が鉄仮面の横にもぞもぞ触れ、そうして一瞬のち、足は気をつけのまま、左右の手を頭上にひろげたＹの字の体勢で、

「トワァ〜〜〜〜〜〜〜〜イム」

宇宙人特有の音響にもかかわらず、いかにも野球経験者ぽい大音声が、川土手の上からいきなり試合のタイムを宣告する。

両チームの選手たち、監督にコーチ、アンパイア、その他家族らみなが呆然と見まもる

なか、宇宙人はクリーム色の光線銃を小脇に抱えもつと、土手の斜面を軽やかなステップで駆けおりてくる。過呼吸の果て、膝をついたまま動けなくなった夏実には、その身のこなしとさっきの声で、宇宙人の正体が誰だか知れる。

グラウンドにおり、ホームにすたすた歩みよる宇宙人の鉄仮面は、よくよく見れば、フルフェイス型のバイク用ヘルメットそっくりだ。

「タイム、タイムや、急に悪いな」

なかのマイクで音声を拾い、スピーカーで響かせるしかけらしい。

ヘルメットのシールドを覗きこんだ主審の田村さんは、頓狂に目をまるまると開き、

「なんやあ、おまえ、崇やん」

「おう、タム、ひさしぶり」

ひっかぶった半纏の背に、工務店のシンボルマーク、松葉のご紋が染め抜かれている。

父の崇はホーム上でまたY字形に腕をひろげ、

「ただいま、河川敷の清掃作業をおこなっております」

ヘルメットのスピーカーごしに、くぐもった大声で叫んだ。

「みなさんに、よりよい環境でスポーツを楽しんでいただくため、わたしがいま、グラウンドの空気を清浄化いたします。選手交代のあいだに済みますので、どうか、そのままで

お待ちください」

　持ち手つきの、光線銃に似た道具を掲げ、

「この、最新型のクリーナーを使います。では」

　ウイー、と甲高いモーターの音が周囲に響く。父の崇は堂々とした歩調でダイヤモンドにはいり、まずは投球練習前のホーム近辺、つづけてピッチャーズマウンドと、選手たちに頷きかけながら、電気音をたてるクリーナーのノズルを、頭上に、地面に、とめぐらせる。高校野球五回終了時の、グラウンド整備そっくりに、手慣れた様子でダイヤモンドをまわり、ベースまわりの空気を吸い取ってゆく。

　その完璧な間合い、見事な呼吸。試合の熱気をそこなわず、それでいて選手たちも家族も、みなリラックスした表情でひと息いれる。カメラの手をさげ、水筒の蓋をあける。スコアブックをのぞき、両チームの戦況をたしかめたりもしている。

　グラウンドの誰も気づいてはいないけれど、一塁後方にしゃがみこむ夏実の目には、ありありと見えている。空中にただよう紫色の粒の、数ミリに満たない欠片ひとつさえ見逃さず、なに食わぬ顔の父がその新型クリーナーとやらで、きれいさっぱり吸い上げていく様が。

　腰を落としたまま夏実は、

「なんなん、お父ちゃん、その機械」

呼吸訓練の成果で、ほかの誰にもきこえないささやき声を、離れた場所へ飛ばすことは二十メートルほどまでならできる。

崇は手をとめず、二塁ベースあたりから夏実をすばやく見やると、

「煤塵除去機、いうてな、内装工事用の。えらい昔のお寺の、千年、二千年たまった塵も一網打尽や」

「その金魚鉢みたいなメットもなん」

「かっこよろしやろ」

そういってヘルメットの額を指ではじき、

「合同で仕事はじめた工務店が開発しよった試作品や。これ使《つこ》たったら、現場でなんぼしゃべったかて問題あらへんし。完全密封の上、フィルターつきの換気扇もはいっとんで」

三百年つづく工務店の十四代目は、若い頃から電気製品のカタログに目がない、新しい機械好きなのだった。

父の動きはすばやく、いっさい無駄がない。見る間に三塁ベース側、ショート定位置にまわって、ダイヤモンド外縁の空気から、紫色の呼気を完璧に取りのけてゆく。

「タムが主審やっとんねんな」

と崇。

「あいつ、男子高の図書委員やったのに、タカシ部で野球に目ざめよってな。大学リーグの三年で首位打者やで」

「そうなん」

「おれな、野球部の選手としては、ほんま、たいしたことあらへんかった」

崇はそういって振り向き、シールドのなかで夏実に笑みを浮かべた。

「けどな、グラウンドの整備だけは誰よりもうまかってん」

内野ダイヤモンドの清掃をすませるや、崇は直立し、田村さんへ深々と一礼する。田村さんも片手をあげ、互いにしか通じ合わない無言のサインを送る。時間をこえてふたりをつなぐ、ともに過ごした当時の呼吸。ウォリアーズ投手が投球練習をはじめ、その背後で純白の軟球が、内野じゅうをめまぐるしく行き来しだす。

「ヘイ、セカン」

「ナイスボール」

「この回三人でおさえるぞー」

選手らの晴れやかな声が、ダイヤモンドの清冽な空気に高々とひびく。

掃除機のノズルを細かにあやつり、川上から寄せてくる紫色の息を吸い取りながら、外野を左中間に向け歩いてゆく父の背に、

「お父ちゃん、ありがと」

夏実の、白いリボンのような呼吸がのびていって肩に触れる。

「なんで、あたしが死にかけてるてわかったん」

「死にかけはいいすぎやろ」

背をむけたまんま肩をすくめる。

「おばあちゃんや」

「え」

「おばあちゃんからショートメールで、夏ちゃんの息がへんやさかい、みてきたって、てな」

祖母なら今日、お茶の用事でどこかの宗匠と会っているはず。遠く離れた場所にいながら、孫娘の呼吸の変調に気づいたとして、あのおばあちゃんならまあ、と納得できなくはない。それより、テレビのリモコン予約すらできない祖母が、いつのまにかショートメールなど使いこなしている事実のほうに、夏実は大いに呆れてしまう。

「けど、お父ちゃん、来てくれはんの早すぎちゃう」

「なんでやねんな」

と父の声は、本気で意外そうに、

「わしの現場、そこの土手越した真下やないか。青蓮寺さん。このグラウンドかて、あっこのお寺の地所やろ」

外野を抜けた父が、河川敷を軽く駆けだす。松葉を背負ったその背はだんだんと遠く、目にも小さくなっていく。けれどもその声は、まるで真ん前で語りかけてくるように、夏実の耳に潑剌とひびく。

「このややこしい息もらしたはるひとに追いついて、このメット、早《は》よかぶってもらわんとな」

まるい息を弾ませ、父はスピードをあげる。

「けど、病院連れてったらすぐ、また戻ってこんならんねん。昼過ぎから宝物殿の、上棟式の法要があるさかいに」


歩行者用の青信号が点滅し、赤に変わった。夏実と祖母は、ゆったりとした足どりでやってきて、植え込みの手前で歩をとめた。祖母は椿の柄、夏実は黄蘗《きはだ》色の、無地のマスク。祖母の用事で、地元の商店街にある紙匠の店舗を訪ねるところ。高校が休校に入り、暇をもてあました夏実は、散歩がてら、荷物持ちでついてきた。

「ほんで」

祖母が椿の下からまろやかな声で、

「崇は、法要には間におうたんかいな」

「それがやね」

夏実は含み笑いを漏らし、語りをつづけた。

「ややこしい息もらしたはるひと」に、父の崇は、河川敷を北へあがった、最初の橋で追いついた。というか、橋桁の下でサックスの曲をさらっている六十手前の男性だった。きけば、地元で長く活動する金管バンドのミュージシャン、平日の日中は庭師。サックスの音色はやわらかでまばゆく、「息」のことがなかったらば、正面に座って夕方まで聴いていたいくらいやった、と崇は語った。

金色のラッパからは、滅多に見られないほどかたちの整った息があふれ、橋の下の空間を整然と埋めていた。そのうちにたしかに、濃厚なパープル色に染まった球形が交じり、ただようすべての吐息とともに、風に押され川下へ流れていた。熟練のミュージシャンの吐いた息だからこそ、Dグラウンドまで漂ってきてもかたちが壊れず、紫色の粒子が野放図に散乱することもなかったのかもしれない、と崇は語った。

サックス吹きは、崇の話（息の色かたちが見えること、パープル色の粒が、サックスを鳴らす息にまじっていること等）を、この街うまれのものらしく怪しみもせず、「そういうことやったらお借りしますわ」といって、手持ちのスプレーで内側を消毒した宇宙人へルメットを、しゃれたハンチングの代わりにすっぽり被った。

病院につきそっていった崇は、すぐさま別室に隔離され、喉がカラカラするまでつばを吐かされた。検査結果が出て、帰ってもいいといわれたときには四時間が経っていた。青蓮寺に戻ると、僧侶たち、工務店の職人ら、集まっていた全員、棟梁の崇を平然とした顔で迎えた。法要がはじまったのは、予定を大幅に過ぎた午後の六時からだ。

「かましまへんねや」

と祖母。

「お棟上げのお経いうたら、もともと、暗なってからのもんやさかい」

「へえ、そうなんや」

と夏実。信号が青に変わり、祖母とならんで歩きだす。

「お坊さんのお経の息て、どんなかたちなんやろ」

「どやろねえ」

祖母は隣で笑っている。

信号を渡りきると商店街のアーケードにはいる。どこかしらに吊されたスピーカーから薄い音色の「ムーン・リバー」が流れている。まばらに行きかうひとの息を、夏実は敢えて見ようとはしていない。見るべきものは、見えるべき呼吸で、むこうから見えるようになる。父や祖母と話していると、最近とみに、そんな風に思う。

崇が橋の下で分厚いサックスの音を浴びていたちょうどその頃、ウォリアーズ対ファルコンズの一戦は大詰めを迎えていた。六回裏のファルコンズ、七回表のウォリアーズ、ともに無得点。最終回、七回裏、二対二の同点で迎えたファルコンズの攻撃。

先頭の夕陽がまず、フォアボールを選んだ。ウォリアーズのピッチャーは背番号1、本来なら翌日の先発にまわるはずのエース。バッターボックスには、前の回からセンターの守備についていた祐二がはいる。

一球目に夕陽は二塁へ、ゆうゆうセーフ、三球目、きわどいタイミングで三塁を奪取。ツーボール、ワンストライクで迎えた四球目、「強攻」のサインに意気込んだ祐二が、思いっきり振りぬいたバットは見事なまでの空振り。エースの投じたスローボールは高めに浮き、そこへ、投球フォームから球種を見抜き、まよわずスタートを切っていた夕陽が猛然と走りこむ。

ボールをつかむや腕を振りおろすキャッチャー。ミットをいたちのようにかいくぐり、

ヘッドスライディングの夕陽は、ひとさし指一本でホームベースの端に触れる。主審の田村さんが両腕を水平線のように広げ、

「ッセェ〜〜〜〜〜フッ」

と宣告。ファルコンズの全選手が手を叩き、ベンチじゅうで跳びはねていたが、監督の指示で口を結んだまま大声は出さない。

草上にすわった夏実もゆっくりと拍手し、バフの奥から無言の歓声を飛ばす。ファルコンズのベンチじゅうに、七色かそれ以上の、とりどりの大きさの球体が浮かび、少年たちの跳ねる息づかいそのままに、小気味よく膨らんだり縮んだりしている。

ベンチの監督とハイタッチを交わしたあと、振り向いた夕陽とまっすぐに目が合う。その瞬間、まるで顔の前に桜を散らしたみたいに、自然な桃色のあでやかな吐息が、陽に焼けた笑顔をはんなりと飾る。

最終回の三盗塁、サイクルスチールを含め、夕陽はこの日合計六盗塁。大伍も一つ二盗を決めた。祐二は自分の打席でサヨナラ勝ちしたことが嬉しくてしようがないみたいだった。

おめでとう、夕、すごかったわあ、そういって屈む夏実の耳に、夕陽はくちびるを寄せてきて、

「うち、夏実コーチみたいにかっこよう、走りたいだけやから」

と素早くささやいた。

アーケードのBGMは「子象の行進」に変わっている。祖母がふんふん、小気味よく口ずさむ。

商店の半分はドラッグストアや自動販売機に変わっているが、それでも、季節の野菜や漬物の老舗、魚貝の佃煮を扱う店、表具屋、仏具屋、ろうそく屋と、昔ながらの顔をした店が軒を連ね、こうしてのんびり歩いてみると、自分がだんだんと、幼い日のからだに縮まってくる感覚がある。隣の祖母もそうかもしれない。めずらしく声にだしてうたったりして。

店の構えはどんどん古びてみえようが、そのたたずまい、店の息、といったものは、十数年なんかではぜんぜん変わらない。居並ぶ店先を見やるだけで、十歳、五歳、祖母や父に手を引かれ、アーケードを抜けていくあいだ、とりどりに変化する匂いが鼻の底によみがえる。

祖母のなじみの紙の店は、次の小路の左角。その一軒手前、昔ながらの新刊書店「松林堂」が見える。

しかめ面の大人たちが出入りする古書店が幅をきかせるこの街にあって、新刊を扱う町内の本屋は、いつも子どもの味方として夏実の目に映り、だから幼い日この辺りに来るたび、しょっちゅう「松林堂」に駆けこんでは、十数年いまより若かった祖母に、手当たりしだいに絵本をせがんだものだった。はじめて自分のお小遣いで、漫画の単行本を買ったのもここだ。背表紙の色をそろえるのが楽しみで集めた文庫本の数々。ページの端に指をかけ弾くように、夏実のなかで、好ましいあまたの情景がつぎつぎと浮かび、ぱたぱたと記憶の風をたてめくれてゆく。

サッシ戸をあけ、坊主頭の青年がひとり店の外へ出てくる。珍しくジャージでない、ジーンズにパーカー姿の喜一だ。その横顔に呼びかけようとした声を、夏実はのど元に一気にのみこむ。喜一のうしろから、雑誌のグラビアなんかでよく見かけるセーターとパンツの、髪をくるっと内に巻いた笙子が現れ、ごく気やすい調子でなにかいう。ピンク縁のメガネはかけておらず、ふたり揃いの黒マスクをはめている。喜一はポケットに手を突っこんだまま、振り返り、視線をとがらせてなにかいう。

笙子は黙り、じいっと凝視する。喜一も目を合わせ、しばらく黙りこむ。

そうして同時に、まるで呼吸を合わせたかのように、ふたりのくぐもった笑いがアーケードの下に弾ける。喜一はもちろん、笙子も学校では、誰にも見せたことのない笑顔。

並ぶと笙子の背は喜一の肩までしかない。笙子はまっすぐ迷いなく、喜一は少し猫背気味に、横に並んで歩きだす。紙匠の前を通り過ぎ、小路を曲がる。ふたりの姿は夏実の視界から消えてしまう。

夏実は振りむき、

「さ、いこか、おばあちゃん」

「子象の行進」はやんでいる。天井のスピーカーはいま、なんの音楽も流していない。祖母はその場にたたずんだまま、二度、三度とやわらかく瞬きし、そうして、

「夏ちゃん、ええわ」

といった。

「ええわ、って、なにが」

「うちな、気ぃ変わった。きょう、紙はいらんわ」

祖母は、淡い木漏れ日のような笑みを向け、

「それよりな、夏ちゃん、ミツマメ、食べにいこか」

「ええ、なんなんそれ」

夏実は向きなおり、

「えらい急に、へんなほうへ気ぃ変わんねんな」

「そやのん」

と祖母。

「うちなあ、昔っから気ぃ変わりやすいねん」

「まあ、ええけど」

アーケードを抜けたT字路を右折したところに甘味屋がある。夏は抹茶氷、冬はお汁粉が人気の店だが、ミツマメは一年を通して出している。

松林堂、紙匠の店を通りすぎ、祖母のあとについて歩く。アーケードのスピーカーはまた薄い音色のストリングスを流している。きいたことはあるようだけれど、なんという曲だったか、夏実は歯のすきまになにか詰まったように思いだせない。

「ほんま、おばあちゃん」

足早に追いつき、まっすぐ前をむいたまま夏実は、

「気ぃ、変わりやすすぎ」

祖母はにやっと笑う。わずかに歩調を速め、マスクを真下へずらす。そうして、やはり前をむいたまま、顎を少し上に上げ、そうして夏実と同じくちびるの隙間から、アーケードの天井むけ、ひとつ、またひとつと、おだやかに吐息をあげはじめた。横を歩く夏実の目には、それらの色かたちがくっきりと映った。

鴇色《ときいろ》、二藍《ふたあい》、洒落柿《しゃれがき》。紅梅《こうばい》、白練《しろねり》、ふじむらさき。それぞれに淡く彩られた、さいころ、

ビー玉、三日月、扇。目にも朗らかないくつものかたち。

降ってくるとりどりの光に夏実は目を細めた。薄い陽ざしが、とろけてゆく蜜のように瞳からからからだの内奥に流れる。あずき、寒天、求肥《ぎゅうひ》にみかん。声にだして祖母はなんにもいわない。ただ、まんまるく開けた口から、気まぐれなしゃぼん玉遊びのように、ミツマメの具そっくりの鮮やかな吐息を、ふたりの頭上へぷくぷくと吹きつづけている。

息してますえ

窓のすきまからアトリエにはいりこむ夏の暑気には色がなかった。保冷カバーでくるんだペットボトルの水を口にふくみ、夏実はカルトンの上のケント紙にむきなおった。皿で溶いた青のガッシュにほんのわずかマットの白を垂らし、軽く平筆の端でこすってから、ケント紙の、ここ、という一点に塗りこめる。隣のオレンジが輝きを増し、真下のオリーブグリーンがさわさわとざわめく。

換気扇が大げさにまわる。どの窓もわずかずつ開かれたアトリエの空間へ、天井からぶらさがった時代物のエアコンが、やはり透明な冷気を全開で噴きだす。その真下で、年齢のことなる生徒二十余名が、紙の上で黙々と手を動かしている。

実技講習のあとの昼休み、予備校生たちは中庭の木陰やホワイエに散らばり、それぞれのかたちのマスクをずらして、とりどりの昼食を静かにほおばった。夏実は毎日、具材をかえてサンドイッチを作ってきた。この日はレタスとチーズの上に、刻んだしば漬けを散らしてある。

午後の講評会で、夏実の平面構成は、講師からも生徒からも激賞をあつめた。

「な、いま八月やん、夏実さん」

アクリル板のむこう、講師の藪は笑いをふくめて、

「本番まであと半年あんねんか。ここまで完成してなくてええと思うけどね」

「はあ」

夏実はなんだか申し訳なさそうにマスクごしに鼻をこすった。アトリエの壁にはクリップでとめた生徒たちの作品が鈴なりに吊り下げられてある。夏実の絵はほぼ中央あたり。微妙にトーンのちがう原色が、不定形の格子にいくつも塗りわけられた、一見、淡い色彩の抽象画にみえる。

「夏実さんの絵って、いっつも、めっちゃ似てんねんけどなあ」

と藪。

「でも、どれもレベル高いから、これでええと思うわ。秋、冬になっても、このまんまの夏実さんでいきや」

「はあ」

とまた、夏実はあいまいにこたえる。生徒たちはそれぞれのスマートフォンで作品を撮る。夏実のは、中古で買った液晶タブレットだ。コラージュ作品など、野外で思いつくまつくるのに都合がよい。

講評会のあと、現役の高校生女子ふたりに呼びとめられた。質問は、絵の具の溶き具合からはじまって、夏休みの過ごしかた、お薦めのパワースポット、浴衣の柄の好みなど、想像をこえてふくらんだ。即答できることはできる限りていねいに、わからないことについては、クロッキー帳に黒々と線を引き、円を描いたりしつつ、休み時間いっぱい、あれやこれやと声をやりとりした。

午後三時からは、デッサンの講習。アトリエ中央の台の上で、藪の手のカッターナイフが、まんまるいキャベツをふたつ切りにした。

生徒たちは尖らせた鉛筆を振りかざし、片目の剣豪のように紙のなかへ躍りこんだ。いっぽう夏実は、ゆっくりと描いた。目の前のモチーフを、体内に吸い取らんばかりに深く息を吸い、息をつき、深呼吸をくりかえしながら鉛筆の手を動かした。

鉛筆や木炭のデッサンでは、ふやふやと輪郭のととのわないモチーフがけっこう好き。直線、明敏なアールの輪郭をもつ画題は、どちらかというと苦手。

「はい、時間。道具かたづけて」

藪が手をたたく。

「はよしいやあ、電気消すよお」

ほかの生徒たちがカタカタ音をたてはじめた午後七時過ぎ、夏実だけ、描いている。藪が腕を組み、ふう、と息をついても、まだ描いている。あ、と気づき、とちゅうの画用紙をカルトンにはさみこんだ瞬間、天井の照明は、穴ぐらのようにストンと薄闇に落ちる。

草色の市バスで家に帰りつく。手作りのマスクをはずし、急な階段をかけあがる。カルトンを机に立てかけ、デッサンをつづける。目の前にモチーフがなくともなんら問題はない。

浴室で冷水のシャワーを浴び、新しいTシャツとショートパンツをつけ、裸足でぺたぺた台所に向かった。AIスピーカーから英語の歌を流しながら、祖母が山盛りのコロッケを揚げていた。流し台のボウルには、氷水からあげたばかりの千切りキャベツが、苔玉のように盛られてあった。

一年とおよそ半年前、河原をランニング中、宙を飛んできたバットが後頭部に直撃した日から、夏実は、ひとの吐く息の色かたちが目にみえるようになった。

高校の授業中も、街なかを歩いていても、ひとびとの顔の周囲に、色とりどりのビー玉や、らせんをなしてのぼっていく銀色の棒、マスクからこぼれる極彩色の破片など、それぞれの吐息がありありとみえてくる。

祖母や父によると遺伝なのだそうで、そのうち、自分で励んだせいもあり、息をみる能力の出し入れもできるようになって、日常の暮らしにほとんど影響はなくなった。

高校の三年を、ほぼ陸上の部活一本で過ごしてきた。大学は、中高からのエスカレーターに乗っかって、通りをはさんで向かいの大学の文学部に進み、さらに陸上をつづけるつもりでいた。

そんな夏実が高校を卒業後、美術予備校にかようことになったのは、複雑な思いやできごとがからまりあって、元来からっと乾いた心根の夏実にも、これが理由、とは単純にひとことでいいきれない。

祖母の口から、

「自分のことは、英国王朝一の鏡でもようわからしまへんわ」

といってもらえたときはほっとした。

ただ、さまざまにくっつきあった事情の、ゆるい結び目のような箇所に、オリンピックの延期騒動がからんでいることは夏実も自覚している。

もともと、ニュースの遠い声、たまに目にするネットの話題でしかなかった。高一の夏に、短距離ハードルで全国三位を記録したとはいえ、夏実は、自分の存在を国際大会に関連づけて考えたことは、これまで一度としてなかった。

高二の三学期から、「目にめーへんややこしいもん」（祖母）のせいで、全国のあらゆる学校がしゃっくりのような中断を余儀なくされた。夏実の高校の陸上部も、毎日の活動は当面むずかしくなった。三年の一学期、夏実たちは毎日、河原や城のまわりをたったひとり、黙々と走りこんだ。

初夏の簡易合宿から、ようやく部活が再開された。部室の前で、必ず体温を記録する。マスクやバフを着用し、活動中はむだな大声や、歓声をあげない。部員の家族に陽性反応が出たなら、部全体の活動は即、三日間休止。

プリントに派手なデザインで記された「ソーシャル・ディスタンス」の文字に、ベンチから立ちあがった主将の中上は、

「陸上て、もともと、距離とれたもん勝ちやんけ」

そうつぶやき、肩をすくめ、棒高跳び用のバーをとりに倉庫へ走っていった。

その夏、どういうわけか、校内で計測するたび、部員たちの記録はみるみるのびた。入部したての一年から引退をひかえた三年まで、陸上部の誰もが、あらゆる種目でつぎつぎに自己ベストを更新した。

夏実とともに、中学から陸上をつづけてきた青海は、うまれてはじめてロングジャンプで5メートル80を跳んだあと、

「もし今年、インターハイあったら、うちら、やばかったな」

パン生地のように息をふくらませて笑った。夏実も笑った。延期が決まった夏のオリンピックのことは、部内ではまったく話題にのぼらなかった。

年の暮れの引退式では、泣きじゃくる下級生の吐息が虹色の雲のようにつながって、夏実を肩からくるみこんだ。中高六年分、おびただしい数のデジタル写真が卒業生同士のモバイル間を光速でとびかった。

夕方、家に帰りついても虹色の吐息はまだ夏実についてきた。台所では、祖母がすし桶の酢飯をうちわでぱたぱたとあおいでいた。居間のソファに腰をひっかけ、夏実は何の気なしにテレビをつけた。ニュース番組だった。顔と名前は知っている背広の老人が、細い首をのばして記者会見席にすわり、オリンピックの選手たちは安心してほしいと、洞窟のような目で語った。吐息は目にみえなかった。

父の崇はこの日早めに現場をあがり、ロードレーサーのペダルを踏んで家にもどってきた。玄関のハンガーに半纏をひっかけ、全身に消毒スプレーをふりまきながら、鼻を鳴らして台所をうかがう。ほんとうのところ、夏実の好物である、祖母のばら寿司がさほど好

きではない。

祖母は顔をあげず、

「おかえり」

「夏実は」

なにこころなく崇。

「テレビみたはんで」

おしだすように祖母。

「ふうん」

手洗いとうがいをすませ居間にはいると、夏実の背が少しふるえている。テレビは消えていた。ソファの隣に見なれない虹色のもわもわが寄り添っているのが、父の崇の目にもみてとれた。

はじめは、泣いているのか、と思った。

「お父ちゃん」

夏実はふりむかず、なにかこころに決めたような、静かな口調でいった。

「わたし、いま、なんや、めっちゃ腹立っててんねんけど」

古い星座盤をあてどなくくるくる回している。

「そうなんか」

崇は突っ立ったまま、

「どないしたんや」

「わあらへん。なんや、大きすぎて」

「ふうん」

ほかにもいいたいことありそうやな、そう思って崇は、しばらく黙ったままでいた。

「わたしな」

と横顔のまま、テーブルに星座盤をぱたんと置き、夏実はいった。

「大学では、もう、陸上はええかな」

「そうか」

「ていうか、お父ちゃんにはなんて謝ったらええかわからへんけど、エスカレーターやのうて、自分でえらんで受験しよと思う。ごめん」

崇は一瞬、夏実のいいぶんを頭のなかで整理した。

「急なこっちゃな」

「そやねん。ごめん」

「謝ることあるかい」

崇はいった。

「もともと、お前が決めてきて、お前が小六でがんばったんやろ。今度のも、そんなようなことやないか。お前が生きてくのん、おれは、手伝《てつた》いしかでけへんわ」

「おおきに、お父ちゃん」

夏実は顔をむけ、

「そんなんいうてくれるて、思てへんかった。うそ、ちょっとは思とった。おおきに」

「ええって、もう」

と崇。

「けど、じっさい、いけんのんか。入試の時期て、もう、ふた月もあらへんやろ」

夏実は膝に手を置き、くるりと全身でむきなおった。そうして、深々と頭をさげ、

「わたしにもう一年時間をください」

といった。虹色のもわもわが夏実の脚のそばでいっそう大きくふくらんでいる。

「一年、て」

夏実は顔をあげ、

「高校いってるあいだは、受験はしいひんくって、高校生として、やっとかなあかんことをやる。やりきって卒業したら、一年間、めっちゃ受験生をやる」

崇はもう一度頭のなかで考えをまわし、

「浪人か」

「浪人ちゃう。受験生。あ、おんなじか、どっちにせよ。で、さ来年から、大学生」

夏実はまっすぐに崇を見あげ、

「受験生やんのはわたしの勝手やから、勉強のお金は、自分でだします」

「それはどっちでもかまへんけど、メシはうちで食えよ」

「うん。ありがとう」

「なあ、夏実」

崇はふう、と切り株のような息をつくと、

「受験するとこ、お前、もう決めたあんのやろ」

といった。

うん、と夏実はうなずき、

「絵ぇの大学いく」

「え」

「陸上より先に、中学受験の前、わたしずうっと絵ぇ描いとったやん。最近、しょっちゅう思いだすねんか、ひとの息みるたび。三つ子のたましい百まで、いうことかな」

「女子高生のくせに、おばはんくさいこというとんなあ」

虹色のもわもわが浮きあがり、ふたりの間ですうっと溶けて消える。なっちゃあん、たかしい、おすしい、と、台所から祖母が呼ばわる、生きた木魚のような声が廊下からひびく。


夏実の予備校は、住んでいる街なかから、碁盤の目の道路を市バスで東へ、つづいて北へ、二十分と少し走った郊外にある。観光名所がそばになく、市バスはこの街にめずらしく、朝夕いつもだいたい空いている。森のせまるバス停におりたつと、山の空気がくるぶしにひんやりとからむ。

この日は朝から三時間かけての、木炭デッサン講習、モチーフはギリシア女神アルテミスのトルソーだった。区立図書館ほどの広さがある画材室の棚に、アポロン、ヘラクレス、アフロディーテら、三十近くの石膏像が並べられてある。鉛筆、木炭、デッサンに力を入れているのは、街なかから少し離れていることも合わせ、夏実がこの予備校を選んだ理由のひとつだった。

といって、夏実の描きかたは、評価がずばぬけてよい色彩構成と基本的に同じ。木炭紙をとめたカルトンをイーゼルに立てかけ、アトリエ中央の女神を凝視しながら、深々と息を吸い、深々と息を吐く。波が寄せるようなそのくりかえしのうちに、マスクのすきまからこぼれる夏実の吐息は、むくむくとふくらみ、たがいに貫入しつつ、ひとかたまりの像となって、夏実の目の前に揺るぎなく浮かぶ。夏実はゆっくりと木炭を動かし、その像を木炭紙の上にうつしていく。

描いている途中、あらわれた像はもうどこへもいかない。描きおえるまでずっと視界の中央にとどまっている。小さく縮めて、別の場所へ持ちはこぶこともできる。

チューターや講師がしきりにアドバイスを送っているとおり、多くの学生が、描いているさなか、描くべき絵を自分から見失ってしまう。色彩にせよデッサンにせよ、なにも描かれていない紙の上で、はじめは明確にみえていた色かたちが、紙の上に線が引かれ、絵の具が重ねられていくうち、淡い逃げ水のように遠ざかり、そのうち、どこにも見当たらなくなる。夏実にはそれがなかった。描くべき像は、最初から最後まで、厳然とそこに、目の前にあるのだ。

曲がったことのきらいな夏実は、予備校初日の放課後、自分のしているのはズルではないのか、と教室長の宗《むね》に訊ねにいった。

宗は笑い、

「それは、きみの、イメージする力がすごい、いうこととちがうか」

「あの」

　夏実はまっすぐに見返し、

「イメージ、いうか、想像やのうて、ほんま、すぐそこに見えてるんですけど」

「そうや、絵は、見えるとおりに描くしかないねんて」

　と宗はいった。

「等伯もゴッホも、バスキアも、キム・ホンドも、みんな、ほんまに、そない見えたはった。ぼくも、及ばずながら、見えるとおりに描こうとしてる。きみは、なんもまちがったあらへんて」

　祖母の毎月とっている茶道雑誌の表紙を長年手がけている。宗が毎日、口笛をふきふき自転車でかよってくることも、夏実がこの予備校を選んだ理由の大きなひとつだ。

「夏実さん、木炭、ぐっとよくなってきたね」

　貼りだされた絵の前で、デッサン指導の田畑（顔が小さくほぼすべてマスクにかくれている）が、銀色の指示棒を伸縮させながら、

「木炭は鉛筆の繊細さで、鉛筆は木炭の大胆さで。まさに、そんな感じになってきたじゃない。夏実さんは、描きすぎないのがいいよね」

　夏実は頭をさげ、

「ありがとうございます」

今日のサンドイッチの具は、コンビーフとみょうがを混ぜこんだポテトサラダ。ポテサラだけは、夏実の腕は、崇の絶妙なざっくり具合に、いまだ到底およばない。この日も二日前に作り置きしてあったのを、冷蔵庫のプラケースからそっといただいてきた。

午後からは、立体構成の講習がくまれていた。この日の課題は「祭礼」。テーブルにならんだボール紙、テープ、割りばし、竹ひごを材料に、アトリエのそこここで、誰もみたことのない構造物がにょきにょきとうち立てられてゆく。

みな目を旅人のように輝かせながら手指を動かす。シロクマをのせた山鉾。ジャングルの樹冠からとびでたような音頭のやぐら、流線型にかがやく未来の御輿。いつの時代も地味なデッサン、センスの差が如実にあらわれる色彩にくらべ、自由度が高く、小学校の図画工作を思いおこさせる立体構成が、美大の試験科目のなかで、いちばん好き、もっとも得意、という学生が最近少なくない。

夏実は立体が苦手だった。かたちあるものを作りあげるのがこんなにも不得意とは、美術予備校にかようまで思いもよらなかった。

祭、と思って深々と息づき、顔の前にたちあがる虹色の煙、おさない頃から二年ほど前まで近隣で行われてきた祭礼行事の光景、記憶のアマルガムのような吐息が、むろんありありと目には映る。ただそれらは、ボール紙や竹ひご、輪ゴムなどとはかけ離れた、触れたら消えてしまいそうなかそけさをもってたちのぼり、そのありようを、固形物の組み合わせで再現できるとは到底おもえない。「舞台」「交通網」「学校」と、課題をちがえてもそれは同じ。画材を握りしめ、目の前の虚空を凝視し、なにも手を動かすことができないまま、夏実の立体構成の時間はたんたんと過ぎてゆく。

夏期講習がはじまってすぐ宗に呼ばれた。夏実のつづった自己分析票を片目をすがめて見すえながら、白いマスクごしに、

「奥行きなあ、ふん、向こう側がめーへん、てことかいな」

パイプ煙草の茶色い残り香が部屋にたちこめていた。

「はい」

「ふうん」

宗は、まるまるとした爪で額をたたき、

「デッサンは、影がむこうへめくれこんでいった先の気配とかよう描けたはるよ。それだけやないんやないかな。見えとるとか、めーてへんとか、そんな表面のことだけやないような気がするなあ、きみの場合」

「はあ」

「むりくり作らんかてかまへん」

マスクの下の頬をかきながら宗はいった。

「色やらかたちやら、アイデアがおもろいとか、そういうことの前に、まずは自分で腑に落ちへんとな。ていねいに、ゆっくり、描けるもんを描いたらよろし」

夏実の机に、目に見えるものがなにも立ちあらわれていなくとも、どの講師もとりたててなにもいわない。全方位にバランスのとれていることなど、美術家志望の学生には誰も求めない。

講評会のあと、夏実は胸の羽ばたく思いで階段を駆けおりた。途中のバス停でおりて住宅地を進み、信号の手前の角を左に折れたところに、教えられていたとおり、麻布のそっけないのれんがみえた。白地に、濃緑の文字で「落亀亭」。木戸をひきあけるとL字カウンターの手前の角で、タンクトップからのぞく引きしまった肩と、裾にむけてひろがる銀髪の女性が、背筋をなめらかにのばして文庫本を読んでいた。夏実の胸でばさばさ羽音がひびく。

声のかかる前に、陽美《はるみ》叔母はおもむろにふりむき、

「夏ちゃん、おつかれさま。やっと会えたね」

ひとさし指一本でマスクをとる。名前どおりの、ひまわりのような笑顔。夏実は二本指

ではずし、

「陽美さんも、すっごい元気そう。レイヤーの髪、似合ったはるわ」

胸の羽音をしずめながら、ほかに誰もいないカウンターのとなりにつく。

まる二年ぶりの邂逅。前回は高二の夏のお祭だった。五日前にラインがはいり、いまはまだ、夏実の家でなく外で待ち合わせ、ふたりで夕ごはんを、ということになった。

さりげなくとなりを見やると、まっすぐな鼻梁に、小ぶりにふくらんだ顎。少し、アルテミス像に似ているかもしれない。元気そう、どころか、顔も肩も、通りで振り向いて見られそうなくらい日焼けしている。

スパークリングワインと、黒スグリの自家製ジュース。グラスを打ちあわせてから、夏実は声をひそめ、

「陽美さん、こんなとこのお店、よう知ったはるね」

「まあね」

と微笑を流す。左のてのひらで右胸を軽くおおっている。カウンター奥の厨房へ、じゃあ、よろしくおねがいします、と声を送ってから、陽美は軽く首を曲げ、

「ところで、どんな感じ。とつぜんの進路変更」

冗談にくるみつつ、まっすぐに視線を向けながら、

「びっくりしちゃった。ちょっぴりだけどね。スパイクシューズから、絵筆でしょう。からだの動かしかたも、これまでと、ずいぶん勝手がちがうでしょうに」

「うん、まあ」

コースターにグラスを据え、夏実は少し考えてから、

「いまは、楽しいばっかし、かな。まだまだ、へたやから」

「そうなの」

「うん」

口にスグリの甘みをふくませると、

「へたやから、毎日、毎日、ちょっとずつやけど、着実にうまくはなるやんか。描いたぶん、へたにはならへんやん。そのへんは陸上といっしょかな。タイムや距離やのうて、うまい、へた、て、まだ自分の、あいまいな感覚でしかいえへんねんけど、いまはまだ、そんな感じ」

ふうん、と陽美叔母はワインをひとすすりし、吐息をまんまるに膨らませると（夏実は息の見える視力を発動させてはいない）、

「やっぱりねえ」

ふふふ、と椅子に背をもたせかけ、陽美はいった。

「夏ちゃん、しっかりしてるね」

「してへんよう」

「してるわよ」

　と陽美。

「どの美大が、とか、競争率が、とか、そういうことじゃなくて、ちゃんと、自分のはなしができてるもの。受験生なのに。ちゃんと。いや、受験生だからかな。だから、ぜんぜん右往左往してない」

「してるよう」

　と夏実。

　お盆を捧げ、厨房から短髪、猪首の店主が現れた。店名のとおり、甲羅を背負って川底にもぐっていてもおかしくない。カウンターに置かれた一品目は、南洋もずくの土佐酢ジュレ。脇に、うねうねとのたくるドラゴンきゅうり。軽くあぶったコアユのめざし。

　コアユをかじりかじり、陽美叔母は、残念だった自分の受験について手短に話した。高三の秋、模試の成績から、私大の法学部を受験することがいつの間にか決められていた。入試は不合格となり、もやもやと時を過ごしていた夏、つまずいて転んだ石を拾いあげ持ち歩くように、ずっと家に飾られていた、祖父の二眼レフカメラを手に、港町の街路を歩きまわるようになった。

「自分のことなんて、なんにもわかっちゃいなかったわよ」

カツオのたたきを口に放り込み、

「いまらって、ほうかもね」

店の主人が汲んできた、という地下水をひと口すすり、

「今年、今回は」

夏実は話をむけた。

「陽美さん、なに撮りにきはったん。これまでは、苔、猫、お寺さん、それと」

「ちょっと、夏ちゃん、これ見て」

店主に会釈してから、陽美はスマートフォンのディスプレイに指をのばした。

ヨーロッパの古都にありがちな、建築士の崇にいわせれば、駆けだしのお菓子職人が手がけたみたいな、ごてごての西洋庭園。観光バスの車列をバックに、三名の女性が立つ。磨きすぎた真珠みたいにみな顔がなま白く、どこで売っているか想像のつかない壮大な帽子を斜めにかぶっている。

二枚目は、クルーズ船の、ひろびろとしたターミナル。若やいだ顔の老夫婦、半ズボンに蝶ネクタイの少年、隙のない制服姿の航海士にまじって、どろどろの服、髪はのばし放

題、獣めいた顔つきの若者が何人も、舌なめずりしながら腰を落とし、素足で木床を踏んでゆく。手に手に使いこんだ舶刀を握っている。

三枚目は、メジャーリーグの球場。夕まぐれの空を、不定形の雲のような鳩の群れが埋めている。四枚目は、六車線のハイウェイを逆走する駅馬車。

五枚目、六枚目、七枚目。陽美はスクロールをつづけた。叔母が撮ったものでないことは夏実にもわかった。構図も光量も、おそらくは機材も、全部が全部ばらばらで、何枚かはピントさえ合っておらず、プロの手による撮影ではないことは明らかだった。

共通点はあった。それも、見逃しようのない。

「なんや、透けてるね」

夏実がいうと、陽美はうなずき、

「それに、浮いている」

といった。

「わたしたちの生きているこのとき、ふだんは、そこにあるはずのないものが写ってる」

陽美によると、今年にはいってまもなく、この現象を「タイミラージュ」と命名したのは、イギリスの著名な科学専門誌だった。タイム、時間と、ミラージュ、つまり蜃気楼を足し合わせた造語だ。

本来、蜃気楼は空間の距離をこえ、遠く離れたものの影が、とある場所におぼろげに立ちあがってみえる。タイミラージュは、時間を飛んでくる。ヴェルサイユ宮殿の女官、ポート・ロイヤルの海賊、絶滅したリョコウバトの群舞など、過去の影が時をこえて、現在の、ある瞬間に写りこむ光学現象だ。

「投稿されてくる画像の、八十八パーセントは、あからさまなフェイクだ」

と、科学専門誌のコラムニストは書いている。

「残りの十二パーセントについては、説明のつけようがない。ＣＯＶＩＤ－19と関連しているのかどうかも、まったく不明だ。ただ、タイミラージュ写真が報告されはじめたのは、二〇一九年の春であり、その後、全球的なウイルスの蔓延がすすむにつれ、画像の投稿数が急激にのびていったことは、まぎれもない事実である」

「じゃあ、陽美さんは」

夏実はいった。猪の脂でくちびるが虹色にきらめいている。

「こういう、ふしぎ写真を撮りにきはったんや」

陽美はうなずき、夏実でさえ知っている、科学、冒険系ケーブルテレビネットワーク会社の名前をあげつつ、

「カッパドキア、敦煌、アテネ、ガンジス川、そして、ここ、夏ちゃんのふるさと。それ

ぞれの土地にひとりずつ、フォトグラファーがはいって、タイミラージュをつかまえる。どうすれば撮れるのか、まだ、誰にもわかってはいないんだけれど」

「それって、出そうなとこ、みたいなことなんかな」

夏実は首をかしげ、

「船岡山、深泥池《みぞろがいけ》、六道珍皇寺《ろくどうちんのうじ》……」

陽美は軽く噴きだし、

「そういった、いわゆるスポットとは、ちょっとちがうと思うんだけど」

と、猪首の店主が腕をのばし、青磁のうつわにほうじ茶を注ぎながら、

「おもろい話でんな。けど、そんなん、そこいらじゅう、うようよいたはりまっせ」

本人がまるで、そのうようよのひとりであるような声音でいった。医者のするような高機能マスクが顔の半分をおおっていた。夏実は目をむき、頭頂のてかりをまざまざと眺めた。

季節をとわず、この店の北東にひろがる山地では、ふつうは目にみえそうにないものが頻繁にあらわれる。足も触手もなく、みずから移動する人間大のきのことか、りすや野うさぎを幹にとりこむ肉食のえんじゅとか、わりと植物系が多い。動物なら、首を煙のように長々とたなびかせた猟師や、みずからの胴を小間切れに割ってしまった杣《そま》など。一度で

も目にしたら、鼻孔に死臭がのこるみたいにまぶたから一生消えない。

そういう輩とくらべたなら、

「千年前の舎人《とねり》や、三条河原の罪人やなんて、まあ、ともだちみたいなもんやわな」

と主人は笑い、自家製の、夏みかんを練り込んだアイスクリームの錫皿をカウンターにならべた。

夏実がきいてみたところ、「落亀亭」の名前は、古代ギリシアの悲劇詩人、アイスキュロスの死に様に起因している。ある日、海岸を散歩していたアイスキュロスの頭に、飛んでいたヒゲワシが空中から亀をぶっつけた（はげ頭を岩と勘違いした）。いつか、そんな風に死ねたら、と学生のころから思っている。

「ラッキーてい、て覚えてや」

と主人はいって、陽気な亀のようにぱちりと左目だけつむった。マスクの上で、まつげだけ長い。


大会でも、日頃のジョグでも、シューズにインソールはいれない。足裏でじかに地面を蹴っている感覚を、たもちながら走りたい。

シューレースの張りをたしかめると、腿の両側を三度たたく。玄関を出、河原に背をむけ、疏水方面に歩きだす。左右の足を交互に、高々とまわしながら。外から内へ、外から内へ、股関節のかたちを意識して。両の腕がもちあがる。やじろべえのように揺れる。からだの軸の、バランスをとる。

つまさきが、とん、と地面を蹴って、夏実は走りだす。

幅三間ほどの疏水から、たあたあと、爆ぜるような水音としぶきがあがる。青く葉をつけた桜が、あわ立つ水面へ、手をさしのべるように枝を垂らしている。

疏水沿いの遊歩道には、去年じゅうとくらべ、ずいぶんとひとの姿がめだつようになった。マスクは、ランナーなら、たまにはずしている。夏実の手製バフは、首筋に保冷剤をおさめられるポケットつきだ。

豆柴と散歩中の白髪の女性と、距離をとってすれちがう。マスクの下側から、銀色のにわか雨みたいに、こまかな息がさんさん降り落ちている。疏水のため池で釣り竿をたてる大学生男子の吐息は、一本ずつ長さのことなる、そうめんみたいなみどりの線分。石のベンチで、高校野球のラジオが鳴っている。作務衣姿の老人が腕を組み、ふかぶかとつく居眠りの息は、おさなごの飛ばすしゃぼんだまそっくりに丸く、青空にむかってとりどりに散ってゆく。

吐息の色かたちも、やはり去年の夏とはちがう。マスクの端からこぼれおちる、ばらばらな息のかけら、寒色の絵の具を塗り混ぜた泥の吐息、切迫しきった呼吸などは、こんなおだやかな場所では、ここのところ、めったに見かけなくなった。みな本来の、とはいえないまでも、それぞれのリズムを一定に保ちながら、涼気のまじる水面の空気を、寄せ波のように吸い、引き波のようにのどかに吐きだしている。

夏実も息をまるめた。ジョグの速度のまま、吐息をつぎつぎと疏水の水面に投げる。息は、石切りの要領で水面を跳ね、ちいさな水紋を転々と夏のひなたに残す。休部のあいだとりくんだ鍛錬の成果で、吐息をさまざまなかたちで操れるようになった。球形にまるめて投げたり、小間切れに散らすばかりでなく、針金のようにか細くのばして、対岸の空き缶を転がしたり、先端に水鳥をとまらせたりもできる。

ぽっ、ぷっ、ぱっ。ぽーう、ぷーう、ぱーう。

最近、疏水のベンチでよくみかける。たぶん、この春、入部したばかり。一音ずつ、ていねいに、トロンボーンをさらうメガネの中学生。ぽっ、ぷっ、の響きはわりといい。ぱっ、で余計な力がはいるのか、息の先がばらけ、音が広がりすぎてしまう。

ベンチのまうしろを通りすぎるとき、夏実は声にださず、ぱーう、のC音にみずからの息をからめ、水辺のほうへとやわらに引っぱってみた。

音は無理なくのびた。意外なくらい。奏者の軽い驚きが息ごしにつたわる。夏実は少し力をこめて、疏水のため池の上を、手をつないで導いていくように、トロンボーンの吐息を、どこまでも水平に、どこまでも同じ太さで、まっすぐに引きのばしていった。疏水につどったものみな、顔をあげ、東山をみあげた。白くまんまるい月が低く出ていた。くすんだ黄金色をおびたCの音は、トロンボーンならふつう届きようもない長さをもって、夕まぐれの水辺にこんこんと鳴りひびいた。

疏水に沿って折れ曲がり、橋をわたると風景がひらける。みどりなす山々を背景に、鳥居のイデアみたいな鳥居、空へ浮きあがっていきそうな美術館、楽器の音をためこんだ音楽ホールが、ぜいたくに空間をとって並ぶ。

息ばかりでなく、そぞろ歩くひとたちの装いも色とりどりだ。オレンジ色のタンクトップ、薄むらさきの紗のきもの、レモンイエローの袖無しワンピース、ブルーと白の日よけのついたふたご用ベビーカー。地元のひとと旅行のひとのみわけが、このあたりではつきづらい。誰の足どりも宙に浮いた風で、息もまるまるはずんでいる。

夏実の息もはずんだ。ジョグからわずかに勢いをつけ、並木の下を跳ねていった。ピンクやぐんじょう、オリーブグリーン、あざやかな朱色と、まわりにたちこめるひとの息々を、かき消し、散らすことのないよう、呼吸を合わせながらゆったりと走った。

松の木の根もとに、銀の煙がたっていた。夕風をうけて、花嫁と花婿がよりそい、その前でデジカメの音が、しゃばっ、しゃばっ、と断続して響いた。結婚式の前撮影のようだった。

風に舞いあがるスカートの裾を、笑みをあふれさせながら、花嫁がグローブの手でおさえる。夏実はぜんぜん詳しくないものの、ドレスのデザインは、ちょっと昔風のなつかしい感じに映る。家族の誰かの、おさがりなのかもしれない。目で追いながら、ウェディングドレスって、ほんまに、と夏実は胸でひとりごちた。およめさんの息を、そのまんま服の色かたちにしたみたいやなあ。

ひるがえるスカートのすぐそばをかすめ、鳥居にむかって軽くスピードをあげた。半袖白シャツの中学生三人を、ぎゅう詰め横並びにした人力車が、一歩ごとに近づいてくる。鳥居の立つ大通りに面して、正面に水をぬいた池のような、なだらかな窪地がひろがっている。改装された市立美術館の玄関口が、窪地をおりていった地下一階にこぢんまりとひらいている。

上品な薄物の女性が、窪地の端で立ちどまり、ゆったりと腰をまげて会釈する。紫の風呂敷包みをかかえたその袖から、夏向きの沈香《じんこう》の、スパイスっぽい香りがふわりとたちのぼる。夏実は咄嗟に、直立して礼をかえすものの、相手が誰だかわからないまま、空を見あげてランにもどった。スパイスの香りが一瞬ついてきてすぐに離れた。

いま、みなが踏んで歩くこの公園にも、ほんの少し前には、上にまるでちがうものが建っていた。

夏実が中学にあがった年の春、祖母とならんで、旧美術館の正面ベンチでアイスキャンデーをかじっていた。桜まじりの空気にむけ、祖母がなにこころなく、タンク、とつぶやいた。

「え、水槽?」

と問いかけた夏実に、祖母は目をむけ、

「せ、ん、しゃ」

あいまいな記憶やけど、祖母はこの公園で戦車をみたことがある、といった。いや、都ホテルの前やったかもねえ。美術館も、勧業館も、コンサートホールも兵隊ですし詰めだった。ジープや幌付きのトラックが砂ぼこりをたてて行き交った。公園内の通りの往き来は日本人も自由で、女学生だった祖母は、親にこっそりないしょで自転車を駆り、何度も公園を通り抜けた。祖母の印象では、なかに収まったひとがまるごと入れ替わると、ホテルも、洋館も、日本家屋も、それぞれ全部まるっきりちがう建物にみえる。あの何年かだけは、この公園内が、

「まるで外国の街どした」

と、祖母は目のなかの像を追いかけるようにつぶやいた。

それより前は、博覧会場。さらにその前は、田んぼと畑、ただの野っ原に、大学の校舎が並んでいたが、その景色のころはまだ祖母もうまれていない。もちろん、いま夏実が通りすぎてゆく動物園は影かたちもない。ただ夏実は、高校でとった「歴史探偵」ワークショップの講座と、父の崇のあけすけな気性のおかげで、園内に、とてつもない建物の痕跡が残っていることを知っている。

法勝寺《ほっしょうじ》、八角九重塔。

その名の通り、八角形の屋根を九層重ねた木造の塔。高さ、八十一メートル。およそ九百四十年前、一〇八三年、院政をはじめる前の怪物白河天皇が同じこの場所に建立した。

動物園内の観覧車の足もとに、台座の遺跡がみつかったのは、夏実が小学二年生をむかえた、二〇一〇年の春だった。復元プロジェクトにかりだされた崇は、資料のファイルとパソコンをナップザックに詰め、嬉々とした顔でロードレーサーにまたがり、発掘チームのつどう大学へかよった。

疏水路を走りながら首をあおむけ、虚空に浮かんでいた、というその威容を思うたび、夏実はいつも、どこからか胸の穴に吹きよせる生あたたかな風を感じる。当時もむろん洛外、「川むこう」とされたこの地に、パリの凱旋門の一・六倍高く、リバティ島の自由の女神の頭より高い、そんなばけもののような仏塔が、千年のむかしに建っていた。

「そのごろ、御所あたりから見たら、そらもう、こわかったやろなあ、ナツ」

父の崇は笑った。CGの復元図を小学生の娘にみせながら、

「こんな阿呆な塔が、いきなし建って、川のあっち側から、ゆうゆう見おろしたはんねんから」

プログラマーの手で、現代によみがえった九重塔の姿は、血を浴びたいきもののように朱かった。一瞬、幼ごころに、こわいかも、とおもった。父の手が、洛中洛外図の立体ジオラマに、縮尺をそろえた九重塔の模型をさしこんだ瞬間、小二の夏実は、栓がはじけたようにケラケラ笑いだした。おとうちゃんのいわはるとおりや、と、胸がひらく思いで。なんでこんなん作らはったやろ。と、当時のみかどと隣りあった心地で。ああ、おもろ。

遠足だろうか、子どもの歓声が耳をつく。疏水をはさんだ動物園、カバ舎、キリンの広場の先で、ゆったり、ゆったり、観覧車のホイールが回転している。全高はたしか十メートルと少し。あの八本分、と思うと、夏実のなかに、ふたたび生ぬるい風と、昔ながらの笑いがやわらにこみあげる。

陽美さんのいうてた、タイミラージュ。このあたりに三脚すえて、シャッターひらきっぱなしにしといたら、ひと晩のうちになんぼでも撮れるんちゃうかな。裘代《きゅうたい》に袈裟をか

け、九重塔を誇らしげに見あげる、法皇さまのまんまるい頭頂。台風の襲来に、田んぼじゅうむしろをかけてまわる素っ裸のお百姓。シャムからやってきたまる耳の子ゾウ。この国ではじめて公開されたつがいのライオン。

おばあちゃんがいうたはった、

「ジープからな、真っ白い煙があがっとんねんな。あれ、故障かいな、いや、砂ぼこりかな、おもて見とったら、ちゃいますねや、将校さんがな、ジープの上で袋ひらいて、小麦粉まいたはんねん。神宮道いっぱいに、真っ白い粉が、びゅうびゅう風に舞うててな。うちな、突っ立って白い風にまかれながら、ああ、そやし、メリケン粉っていわはんねや、て、はじめて納得できた気ぃしてな。そこらのみぃんな、顔も服も、真っ白に染まっとってな」

ばさり、ばさり、時間の風をうけて記憶がはためく。おぼえていることも、忘れてしまった、と思いこんでいることも、見聞きしたおぼえのない光や音も、みなひとしなみに、過去といまのあわいに、ゆったりとひるがえる。

紅葉で有名な寺院を過ぎ、哲学者がそぞろ歩いた水辺の小径と併走する。坂道をくだって大学の構内を抜け、テニスコート脇をとおって川べりにいたる。ささやかな小橋をわたって住宅地に折れたらそこが家だ。

歩きスマホしながら崇が玄関を出てくる。

「また派手なあ、お父ちゃん」

と夏実。チーム・ユンボ・ヴィスマのサイクリングジャージに工務店の半纏をはおり、レーザー社のヘルメットの上から真紅の手ぬぐいを巻いている。

「虫よけや」

崇は鼻をすすりすすり、

「原色は、蚊ぁが寄ってこえへんねや」

「きいたことないわ」

夏実は頭からバフを脱ぎ、

「なんなん、夏かぜ」

「今朝がた急にひえよったさかいに。ほな、いってきます。晩めしは冷蔵庫につくったあるし」

真っ赤なロードレーサーを見送りながら、膝の屈伸、アキレス腱をのばし、股関節をまわす。台所の蛇口から、すりガラスのコップに水道水をくんでいると、麻の浴衣の祖母がうしろからはいってきて、

「夏ちゃん、悪いけど、落ちついたら自転車で、大丸んねきまでいってきてくらはらへん

か」

「ええけど。どこ」

「求龍堂さん」

と祖母は、古なじみの漢方薬局の名をあげ、

「横田さんのご主人が、先週からしょっちゅう、足がつらはるんやて。お店にはさっき電話しといたし、お金はつけでええから、シャクヤクのお薬もろてきてよし」

「誰やったっけ、横田さん」

と夏実。

祖母はまるい目を瞬かせ、

「なにいうてんのん。あんたさっき会わはったやろ、市立美術館の前で。ほら、鳩羽色の包みもったはって」

夏実は無色の息をのみこんだ。スパイシーな沈香のにおいが、その瞬間、鼻の裏をくっきり通りすぎた。

やかんの麦茶をプラ容器に注ぎいれながら、

「あんたがいきあわはったから、うちも、ご主人の足のこと思いだしたんやし」

どことなく楽しげに、祖母はいった。夏実は深々と息をつくと、いってきます、といっ

て、玄関から自分のロードバイクをだし、ひらりとまたがった。八角九重塔やカリブの海賊、ヴェルサイユ宮殿とか、たしかにえらいもんなんやろうけど、うちのおばあちゃんかて相当なもんやんな。

求龍堂の主人は、草色の、とぐろを巻いてのぼる吐息を天井にあげながら、なにもいわず芍薬甘草湯《しゃくやくかんぞうとう》の包みをどさりと店の畳においた。暗がりの棚には猿やサンショウウオ、角のはえた動物の剝製がならんでいた。

ロードバイクを玄関に引きいれ、

「おばあちゃあん、もろてきたあ」

台所のテーブルに漢方薬の袋をおいた。まずは麦茶を一杯、と冷蔵庫をあけると、ガラスの鉢に、崇手製の冷しゃぶサラダが、豚肉、トマト、揚げ茄子らで組みあげた、夏祭のやぐらのように盛りつけてあった。

平面構成の講習。テーマは「わたしたちの世界」。

二十九人の学生がスケッチブックに顔からのめり、方形や円、曲線の重なりあいや、細かな文字の箇条書き、予備校をとりまく自然のパノラマ景色と、めいめい独自の作品設計にとりくんでいる。

夏実ひとり、素手だった。スケッチブックをひらいてさえいなかった。

アトリエをめぐり歩く藪の息は、誰かの絵に、うしろから目を落とすたび色かたちがかわった。北向きの窓辺できびすをかえし、壁際に着座した夏実のほうへ、リノリウムの床にサンダルをすべらせ、ゆっくり、ゆっくりと近づいてくる。

「資料室、いってきます」

カルトンを置き、そういって立ちあがる。

描きあぐねているわけではなかった。ケント紙に目を落とすと、その表面に、目線に呼応するかのように、おおぜいの姿が矢継ぎ早にあらわれ、潮騒のようにざわめいた。夏のきものの横田さん、トロンボーンを吹く中学生、走りながらすれちがった旅のひとびと。叔母に家族、もうずいぶんと会っていない、エスカレーターで大学にあがった高校時代の友人たち。

資料室のカギはいつだってあいている。休み時間はもちろん、講習のさなかも、座学のとちゅうであっても、誰がいつ、なにを見にこようが咎めだてはされない。制作上のヒントを求めて、ひたすらネット画像をあさる学生が多いなか、夏実はいまだに、印刷された紙束、画集や雑誌をめくるのをこのんだ。つぎつぎとカーテンを開けはなしていくみたいに、自然と気が晴れていく、そんな気がして。

蛍光灯の薄明かりの下、古いエアコンの振動音をＢＧＭに書棚の列をたどった。最近はいった画集を何冊か手にしたあと、ふと隅の棚に顔をむけると、「こと」という、見なれない雑誌の背表紙が目にはいった。

何十冊とならぶ列の、半ばあたりの号をひきだしてみる。夏実がうまれる前に発行された、美術系の同人誌らしい。「こと」のロゴ、表紙まわりのデザインは、古いようでまったく古びていない。夏実はなんとはなしに、若い日の宗が、誌面づくりにかかわっている気がした。

めくってみると、少しく意外なことに、「こと」は写真専門の同人誌だった。巻頭のみ四色刷、あとはモノクロのスナップ写真が、ただひたすら、タイトルもキャプションもなく一ページに一枚ずつ、均等のスペースを与えられ、ぎっしりならんでいる。

巻末の見ひらきは横書きの文字ばかりだった。撮影場所、日時、撮影者のプロフィール等、シンプルな書体で記されている。画家、大学教授、美大の学生、写真部の中学生、うまれてはじめてカメラをさわった小学二年生の名前もある。

まとめて引き抜いた「こと」の束を、大テーブルにかさね置くと、夏実は木椅子に浅く腰を預け、古いページを一枚ずつめくっていった。広い橋の上、あさがおの並ぶ路地裏、開演前の南座の客席。目が吸いよせられるのは、そういった、情緒あふれる背景やめずらしい催しなどでなかった。資料室の薄明かりの隅で、大きく見開かれた夏実の視野に、つぎつぎと飛びこんできては、夏のコアユのように躍りあがるのは、遠い、近い、笑む、涙ぐむ、軽い、重だるい、分厚い、透明な、そのとき、その場所でまっすぐに見つめる、誌面じゅうに散らばった、とりどりの瞳にほかならなかった。

紙の上で、それらはたえず動いていた。モノクロページにもかかわらず、それぞれの色彩を、堂々とはなっていた。

夏実の手はとまらなかった。ページをめくる手の動作と、写真を見る視線の動きとが、追いかけっこしあいながら、ゆるやかに調和しあっていた。知らず知らず、呼吸がはずんだ。ラケットのようにページを繰り、写真から飛んでくる瞳の光を、「こと」相手に黙々と打ちあった。

三冊目、四冊目、五冊目。瞳のラリーはえんえんつづいた。夏実は、突然、ふしぎな違和感に打たれた。初めてのなつかしさ、入っているはずのない靴のなかの浜辺の砂。ページの手はとまらない。違和感のあといっそう指の動きが速まる。まるでその波紋から逃げ去ろうとでもするかのように。

指先をたて、ぱらぱらぱら、と一気に紙の端をはじく。すべての瞳がページのあいだで勢いよく瞬きをする。

めくり終えた七冊の「こと」を束ね、隅のコピー台へむかった。一見ランダムに、内心確信をもってページをひらくと、つぎつぎに「こと」のページを複写していった。

二十余枚のコピーを手にアトリエへもどると、夏実は手早く、写真にうつったひとびとのシルエットをはさみでざくざく切り抜いた。ケント紙の上に、やはり確信をもってランダムに貼りつけ、その間にひろがる隙間に、目の芯からありありと浮かんでくる色彩を、時の川のように、薄く、濃く、長々と流した。紙の上で、ひとりひとりの瞳がひらいてゆくのが見えた。モノクロ写真が生きているとはこういう感じなのだと思った。

三時間後、できあがった絵に藪は絶句した。アトリエの全員が一枚からこぼれだす時の波にうっとりとたゆたった。

だいだい、紫、きみどり、真紅、桃色にとび色。誰もみたことのない虹だった。大小に散らばるひとびとを、繭のようにとりどりの色がくるんでいた。筆の流れ、留め置かれた斑点、モノクロ写真にはみだした色のしずく。ひとりひとりがばらばらでいて、みんながみんな、たがいの発する光でつながりあっていた。

ききつけてやってきた教室長の宗は、つり下がった絵を見つめながら、

「眉唾な話に思えるかしらんが」

そう前置きしたあと、

「ぼくたちがいま吸いこんだ息のうちには、うたうジョン・レノンが吐きだした息の分子が、かならず、五、六個はふくまれとる」

といった。

「織田信長の勝ちどきでとびだした息、ジャンヌ・ダルクのついた最後の息、『オイディプス王』初演で役者が半狂乱で叫んだ息、その一部を、ぼくらはいま、百パーセント吸いこんどるんやで」

帰りの市バスは空いていた。夕刻の南向きはいつもほぼそんな風だ。とちゅう、修学旅行の中学生、男子三人、女子二名が、ヤミ市の買い出しなみに膨らませたリュックサックで乗りこんできた。カッターシャツの純白が目のなかで夏の蝶のように踊る。瞬間、夏実は、資料室でおぼえた違和感の正体に思いあたった。

三冊目にひらいた「こと」の、誌面半ばを過ぎたあたり、すばやくめくれてゆくページの左側。公園の芝生を背景に、セーラー服姿の、十代半ばの少女がうつっていた。相手を軽くみるような目つき、なのにVサイン、スカートからのびる少し開きぎみの足には、昔ながらのローカットのコンバース。

どうみても、中学のわたしやん。バスの後部席で夏実はひとりごちた。こんなスニーカー、はいとったことあったっけ。

瞳のなかの少女は、陽のあたる眉を軽くあげたまんまこたえない。修学旅行の生徒たちが大騒ぎしながらバスの前扉を駆けおりる。金閣と銀閣をとりちがえたらしい。バスの車体がエンジンの振動で細かにぶれる。タイミラージュって、たまに、逆さ向きに起きたりもするんかな。

夏実は十分前についていた。約束の午後一時ちょうど、陽美叔母は、待ち合わせ場所の自然派スーパーマーケットにあらわれた。

一見なんの変哲もない白Tシャツに、カーキ色のカーゴパンツ、アウトドア用のミニバッグをたすきがけにし、つば広のサファリハットをかぶっている。マスクはベージュ色の不織布製だ。

「ほんもんの、ハンターみたいやね」

と笑いかける夏実を、ケヤキの樹冠の下に立たせ、デジタルカメラをとりだしすばやくシャッターを切った。

「今日の、一枚目」

夏実は薄手のパラシュートパンツ、吸汗速乾性素材の長袖シャツに「ザ・シンプソンズ」のプリントTシャツ、くたくたのランニングキャップを浅めにかぶっていた。肩には父のおさがりの、ユンボ・ヴィスマのサコッシュ、マスクは手ぬぐいを縫った自家製だ。ふたり肩を並べ、この街にはめずらしい瀟洒な並木道を北向きに歩きだした。

日曜の午後、散歩がてらタイミラージュ狩りにいかない？　陽美がラインを送ってきたのは水曜の夜。散策場所は、街の北東方面に位置する、山麓の住宅地エリア、とのこと。

木陰の下、歩をすすめながら夏実は、少し場違いのような、かつ胸もおどるような、波うつ心もちを淡くかみしめた。イチョウとケヤキの並木道は、美術予備校へいくとちゅう市バスで通るけれども、こうして舗道を足で踏んで歩くのはほとんどおぼえがない。なじんだ街中から少し離れているせいか、あるいはこの街にありがちな、縁のありなしの問題だろうか。

ベーグル専門店、スープ食堂などのあいだに、飾り気のないマンションが積み木のようにおさまる。角を曲がれば、御影石の邸宅や、明治期の西洋館が、生垣にふちどられて建っている。ひとびとがちょんまげを落とした頃から、地方からの流入者、大学生や外国籍の家族が、風景に無理なく溶けこみ、おだやかに暮らしをつづけてきたエリア。

「まず、ここね」

と陽美がたちどまった。

並木道から西へ細道がのびたT字路。南側はコインパーキング、北には古くからあるらしい不動産屋。日曜は休みらしく、正面の木戸はひっそりと閉じられてあった。木枠のウィンドウにならぶ物件の手書きの札はどれも異様に達筆だ。

T字路のまんなかにたつと、陽美は腕をのばし、駐車場、細道、不動産屋のウィンドウと、それぞれファインダーをみず、一度ずつシャッターをきった。テニス道具をさげた七十がらみの男性が、通りすぎざま、路上のふたりに完璧なタイミングの会釈をくれた。

「このへんのおじいさんらは、テニスやねんね」

と夏実。

「うちの近所は、グランドゴルフかペタンクやわ」

「それ、ありだわ」

と陽美。

「あとで、テニスコートいってみなくちゃ」

「陽美さん、テニスやってたん」

「ちょっとだけ、昔ね」

微風にイチョウがそよぐ。このあたりでは、街中より気温二、三度は涼しく感じる。見あげてみると、まだ九月なのに、葉にはやくも黄色みがさしてきている。

五分ほど北へ歩き、定食屋「きぬた」の前で陽美は足をとめた。昼営業中の店頭で、信楽焼のたぬきが逆立ちし、歯をむいて笑っている。

土壁にかかる木札。「だしまき定食」「やっこ定食」「はも茶漬け」などなど。陽美は身をちぢめ、今度はファインダーをのぞきつつ、ガラスのはまった木戸を正面から撮った。端にかかった「カラスミ定食」の献立がどのようなとりあわせか、夏実には、どう考えても思い浮かばなかった。

なぜこの並木道なのか、なぜ、あの三叉路で、あとでテニスコートで、そしていま「きぬた」なのか、そのわけを、陽美はひとことも告げようとしない。いわないのなら、いわれないまま、こちらも黙ってついていけばよい。そのあたりの呼吸は、この街で十九年も生きていれば、ひとりでに身についている。

呼吸、といえば、自然派スーパーで会ったときから、陽美の息は曇りなく、深い藍色に澄んでいた。肩をならべて歩きながら、吐息が先へ先へ、叔母を導くかのように、くちびるから前方へのびるのもみえた。

陽美さんは、自分のしていることがわかっている。少なくとも、わかっている、と深いところで思っている。ときおり吐く息が、柴犬のしっぽみたいに、くるりととぐろを巻きはするけれども。

「夏ちゃん、セミだ」

そういってケヤキを仰ぐ。そのとたん、葉をふるわせ、短いいのちをかぎりに、葉陰にひそむひぐらしが啼きはじめた。

「八月、暑すぎやったもんねえ」

と夏実。

「そうねえ」

と陽美。

「少し涼しくなって、ようやっと、出てくる気になったのね」

キキキキキ、と舌を鳴らし短く啼きまねをする。通りすぎるベビーカーからおさなごが口を開いてみあげる。男の子か女の子かわからない。ひぐらしの啼くのはオスだけだ。

つぎつぎと啼きだしたひぐらしの声に押され、陽美、夏実、の順に、木もれ日の下を歩いた。路上のひと立ちは少なくなかった。観光客のやってくる区域ではないものの、舗道を闊歩し、自転車で往来する住民たち自身が、まるでじゅんさいのように、若い街の空気をうっすらとまとっている。

バス停を過ぎた四つ角の前だった。押し殺したような声をもらし、陽美叔母が立ちどまった。西南の角に建つガラス張りの、空っぽな水槽のような店舗。テレビCMと同じ、若い女優の巨大な笑顔。ウィンドウのなかでいくつものスマートフォンが宙づりで揺れていた。自動ドアの前のオレンジ色ののぼりはくたりとしおれていた。

陽美叔母は、ふう、とか細い息をのばし、

「なくなっちゃったか」

といった。

「なに」

「貸しビデオ屋」

デジタルカメラを構えかけ、そしておろし、

「まあ、しょうがないっちゃあ、しょうがないか」

「陽美さん、知ってたとこなん」

「まあね」

夏実は黙った。草色の市バスがエンジン音をたててすぐそばを通りすぎる。

「ここにあったビデオ屋さんでねえ、夏ちゃん」

叔母はふりむかずにいった。ビー玉そっくりの大小の吐息がケヤキの樹冠へのぼっていく。

「あなたの運命を決めた、ビッグバンが起きたの」

「え」

夏実は目を大きくみひらき、自然とふりむいた。モバイルショップのガラスの先で、勘違いした制服の中年女性が、テレビCMから切りとったような笑みをかえした。

「ようわからへんけど、大事なとこやったんや」

「そう」

「でも、なくなってもうたん」

「そうね」

叔母の横顔をみ、夏実は少し考えた。ビッグバン。ビッグバン。高三の夏、プラネタリウムできいた解説が頭に浮かんだ。

「でも、陽美さん」

と夏実。

「ビッグバンって、なくなったあとも、爆発したときの音が、まだ、宇宙全体で響きつづけてるんでしょ」

「へえ、すごいこと知ってるのね」

陽美は表情をほどき、

「宇宙背景放射っていうのよ」

そのことばは知らなかった夏実は、

「ふん」

短くうなずくと、

「ほんならさ、陽美さん」

歩きはじめながら、

「ビッグバンて、いまでいう宇宙のどのへんで起きたんかな」

「あのねえ、夏ちゃん」

陽美は苦笑して並びかけ、

「ビッグバンが起きるまでは、場所っていうもの自体がなかったの。時間も、空間も、ビッグバンのあとにできたんだから」

「その前はどないしてたん」

「だから、なんにも、なかったって。その前、も、そのあと、も。ない、っていうことさえも」

歩を進めながら、

「ふん」

短くうなずき、黙った。ひぐらしの輪唱が背後へ遠のいていく。

歩道をくねりながらクロスバイクがやってきた。夏実は陽美叔母の前に出て避け、バイクの外国人は小さな声でセンキュウといった。マスクをつけていない声がよく通った。こんな街路なら、祟や自分ならきっと車道を走るのにな、と夏実はふと思った。背後の陽美からも、夏ちゃん、ありがと、と、くぐもった声がかかった。老舗ぽい酒屋の前に大ぶりなモーターサイクルが停まっていた。ガラス戸がひらき、ヘルメットを抱えた猪首の男があらわれた。こちらに気づき、虎柄のマスクごしに、落亀亭主人が深々とほほえんだ。

「おはようさん。べっぴんさんふたりで、昼さがりのお散歩でっか」

背中のリュックが、思い悩む亀の甲羅のようにでこぼこ張りだしている。

「散歩っていうか、先だってお店で話したでしょう」

「ああ、写真か」

しょい直したリュックからカチャカチャと音がもれる。

「このあたり、そないな妖気はまあ薄いやろね。御蔭通おりてった疏水なんか、出よるかもしらへんな。桜の枝から、妙な影がぞろぞろぶらさがっとったりね。春先はね」

「ここまで、買い出しですか」

夏実が問うと、

「そや」

ヘルメットをつけても主人は頭のかたちがかわらない。

「いうても、うちん店からバイクで三分やで。ここん酒屋、わしの伯父の家族がやったはるさかい」

「え、そうだったの」

いいながら、叔母は少し腰を折ってデジカメをかまえ、バイクにまたがった姿にむかいシャッターをきった。

「妖怪、一枚ゲット、てか」

主人はけんけん笑うと、

「おふたりとも、気ぃつけぇや。わしらみんな、いつ空から亀が降ってくるかわからん世の中に住んどんねんし」

スロットルをやわらかめに開き、並木道を徐行でいってしまった。まるまったその背中と遠ざかるでこぼこのリュックを夏実の目はみおくった。二度、三度、中央分離帯のケヤキの幹が、地面を激しく揺さぶったかのように左右にぶれた。夏実の両脚にはなんの震動も伝わらなかった。

次の交差点の、北東の角に面したパン屋の店先が目にはいった。店名のプリントされたウィンドウのむこうで、ケヤキの葉陰にも似た、モスグリーンの帳がゆったりと揺れた。カーテンではなかった。豊かなドレープつきの、丈の長いワンピースだった。ほほえみのような淡い香りがたちあがった。横田さんは今日は髪を結いあげていなかった。光線のような白髪が肩口までおおっていた。トレイの捧げもちかたが鳩羽色の風呂敷包みとまったく同じだった。

すぐそばのケヤキがまた激しくふるえた。気づかず正面をむいて歩く叔母のむこう、信号待ちの市バスが、ぐろろろろ、とギアを軋ませ、戦車のように、おもむろに停まった。左側最前列の席に、進駐軍の将校が座っていた。まばたきし、もう一度視線をむけてみると、アロハシャツに麦わら帽子の外国人だった。バスは混んでいた。車体中央にうがたれた乗車ドアの窓に、中、高、と部活の時間をともにすごした、小林青海の顔がのぞいた。マスクをしていても特徴のあるショートヘアからあきらかに彼女だ。ドアのうしろ、縦にひとつずつならんだ後部席の窓には、前から順に、大伍、祐二、夕陽、小学生たちの横顔がうつった。昨年の夏、少年野球の選手だった三人にランニングのコーチを頼まれたことがあった。夕陽が首をかしげ、車内からなにげなく並木道を見やる。ぐろろろろ、とギアが吠え、黄緑色のバスは細かにふるえながら発進する。

青信号のT字路をふりかえった。コンクリート縁に立つ叔母の、横向きの姿が、午後の陽光に溶けていた。からだは消し炭のように真っ黒だった。まわりには、吐息も吸気も、呼吸のあとがいっさいみられなかった。

自転車や通行人は通りすぎていくのに、陽美のシルエットだけは、時間の一点にピン留めされたように微動だにしなかった。目は飛びだすようにふくれ、口はオーの字だった。腰だめした位置で両のてのひらをひらき、頭をうしろにもたげ、T字路をまがりきったところにあるらしい、空の高みのなにかを陽美は凝視していた。

夏実は足早に叔母に駆けよると、肩に手をかけ、軽くゆさぶりながら、滝のように身をうねらせ、陽光あふれるアスファルトの舗道から、陽美が目をはずせずにいる虚空のなにかをふりあおいだ。

夏空は青かった。漆黒の亀が、まんまるく浮かんでいた。

亀は空中で静止してみえたが、夏実の視線を受けた瞬間、もういいだろう、という風にうなずき、空の高みから地表むかって斜め加減に落下した。そこに建物があった。交差点から西へ十メートルほどはいった車道に面した、クリーム色の学生マンションだった。四階建てなのか三階建てなのか、夏実には一瞬わからなくなった。その瞬間、のびあがったり縮んだり、建物が、激しく息を荒らげのたうっているようにみえた。

まんまるい亀が、のたうつマンションの横腹にずぼりとめりこんだ。土気色の吐息があがった。外壁に、マンガの効果音のようなぎざぎざの穴が生じた。

光景のあとに押しよせてきた衝突音の、あふれかえるこだまのなかで、夏実の耳は、陽美叔母の口からもれた低いつぶやきをとらえた。かげろうのように薄い吐息がその声のまわりに立った。さん、ぜん、ごう。あるいは、さん、ぜろ、ご、かもしれない。

たしかめようとする間もなく、もう一度、空の高みにもどっていた亀が、いっそうの勢いをつけ、悲鳴のかたちに穴のひらいたマンションめがけ、弧をえがいて突進した。外壁はボール紙のように奥へ折れ曲がり、建物全体が膝をつくようにがくりと傾斜した。

信号が何度も赤に変わりまた青に変わった。陽美叔母は建物の崩れていく過程を、まるでそこにつつがなく、もとのマンションが建っているかのように凝視しつづけた。瞳はかわいていた。くちびるはかわききっていた。市バスがT字路を曲がってきた。工事現場からはみだしたクレーン車の車体と、旗を振る作業員を大きく迂回し、ぐろろろろ、と吠えながら通りすぎてゆく。

やがて土台だけを残し、学生マンションのかたちが消え失せると、陽美叔母は軽く肩をすくめ、右胸に押しあてていた左手をおろし、

「いこうか」

とつぶやいた。声は夏実の耳をかすめると風に舞いあがり、ケヤキの葉陰に消えた。

並木道にもどると、交差点の北東側ぜんたいに、パルテノン神殿を模したような大仰な石階段が、小山の斜面に沿ってひろびろとのびている。古くからの学校が多いこの街に

あって、わりに目新しい美術系大学の学生たちが、足慣れたようすで石段をのぼりおりしている。

陽美は腕時計の文字盤を一瞥した。さまざまな場所で使いこまれた風合いの、国産のダイヴァーズウォッチだった。

段の上を仰ぎ、夏実は、

「じゃ、ここで」

と、風音にまぎれないよう、少し声音を強めていった。このあと陽美叔母は、石段の上の学校で知り合いと会う約束がある。そうラインにあった。

「ありがとうね、夏ちゃん」

と、陽美は、空気に刻印するような口調でささやくと、

「今夜にでも、連絡する。話したいことあるから」

サファリハットを頭から手でおさえ、素早くきびすをかえした。そうして、古典悲劇のなかの、神託をうけとめた王女のように、風の吹きつける広大な石段を一歩ずつのぼっていった。夏実は首をもたげ、叔母のうしろ姿が薄闇にかき消されるまで、舗道からみおくった。

空はいつのまにか、さまざまな濃淡の雲でおおわれていた。北から南から、ひんやりと

した突風が、とぎれとぎれの咳のように、ひとびとと景色をなぶって吹きつけた。無意識に手ぬぐいマスクの位置を指でもどし、キャップを深くかぶりなおすと夏実は、揺れはじめた樹冠の下、もと来た並木道をもどりはじめた。

T字路に漏れひびいてくる重機の音。なにも停まっていない、誰も待っていない市バスのバス停。パン屋のウィンドウのむこうで、カーテンもドレープも、純白の髪も揺れていなかった。まだ四時前というのに老舗ぽい酒屋はグレイのシャッターをすきまなく閉ざしていた。逆にいまごろ落亀亭の主人は、冷蔵庫に酒瓶をならべおえ、店の戸口に麻のれんをひっかけでもしているだろうか。

夏実はサコッシュからスマートフォンをとりだした。なにこころなく、時刻をたしかめるくらいの軽い気持ちだった。

ホームキーをタップすると、いきなり写真アプリがたちあがった。画面いっぱいに表示されたそのカラー写真を、撮影したおぼえが夏実にはいっさいなかった。

それは、今日一日にあいた時間の穴を埋めるパズルのピースだった。みぞおちのさらに奥底で、たまっていると思ってもいなかった生あたたかいかたまりが、しずしず浮きあがり、ゆっくり、ゆっくりと回転をはじめた。

解体工事さなかのマンションの入り口。瓦礫にまみれた階段の手前に、若い女性がひとり、遠くを見とおす目つきで、こちらをむいて立っていた。頭髪は思いきったショートボブ、筒状のアジャスターケースを肩にかけ、縮尺をまちがえて製本されたような巨大な書物を、右腕一本で脇にかかえている。

眉を少しあげ、余裕たっぷりに笑みをつくった表情は、二、三の年を重ねていても、同人誌「こと」のなかの、夏実とうりふたつのセーラー服の、あの白黒写真とかわっていなかった。

女性の姿は、腰のあたりを中心に、半透明にすけていた。それに、浮いている。時間上に浮かぶ蜃気楼。わたしたちの生きているこのとき、いつのまにか写真にうつりこむ、ふだんはそこに、いる、あるはずのないもの。

それでも、崩されつつある建物の前で、紫がかったブルーのセーターを着け、白いジーンズをはいた、タイミラージュの彼女は、まわりの沈みきった空気からいきいきと浮かびあがってみえた。むろん夏実は、彼女が誰だか知っていた。こんなに若く、元気そうな姿をみたことは、「こと」の写真をのぞいて、これまで、一度としてなかった。静止画でなく、ディスプレイで動画として動きださないのが、不自然に思えるくらいだった。

女性の顔のまわりを、夏実は、瞳の裏に強く圧をかけて注視してみた。色あざやかな吐息は、みえてこなかった。呼吸のかたちが、浮かびあがってくることもなかった。半ばすきとおったセーターの、ブルーの毛肌のまわりに、崩落しつつある外壁のクリーム色があわあわとにじみ、夢の日暈《ひがさ》のような輝きをはなっていた。夏実の目には、女性の姿自体が、少しずつこの世に漏れだしてくる、あるいは、届かない場所へ吸いこまれつつある、彼女の遠い呼吸、そのもののようにみえた。

そのときほんとうに、画面の女性が、ぶるっ、と身震いをした。てのひらのうちに氷を落とされたような感触をおぼえ、夏実はすがるロープのようにスマートフォンを握りしめた。

女性の顔がまた、ぶるぶるっ、と振動した。それでようやく、ふるえているのが女性の姿でなく、いまてのひらに握った通信機器であることに思いあたった。目を落としてみれば、画面に表示された数字は、日々の暮らしのなかでくりかえし触れ、暗記さえしている見なれた電話番号だ。

緑のボタンをタップし、

「どないしたん」

遠く呼びかけるように、夏実はいった。

「いまどこや。誰かといっしょか」

こちらも乾ききった、単調な祟の声。

「北白川。陽美叔母さんとおったけど、さっき別れた」

「くそっ」

妙な耳ざわり。シャツの袖につつまれた二の腕に、肘からじわじわと鳥肌がはいのぼってくる。

「おれ、陽性でたわ」

「おばあちゃんは」

夏実は電話の最初からわかっていた気がした。狭まった喉から、
しぼりだした夏実の問いに、

「心配いらへんて、田浦先生が。工務店のみんなもな。おれ以外ぜんいん、いま、自宅で待機してもろてる」

少し安らいだ口調で崇はいらえた。

「業務用の防塵ヘルメットつけて、ツナギ着てな、いまからクルマで迎えいくし、おまえも田浦さんで、着いてすぐに検査な」

「うん」

その結果ももうわかっている気がした。

崇はふかぶかと吐息をついた。街場の明るい建築士の口調をつくって、

「正確にいうてくれ、白川の、いまどこやて」

「ちょっと待って」

スマートフォンを耳から離すと、道路標識、バス停の表示板など、町名のわかるものがないか、すばやく視線をめぐらせた。四つ角に建つモバイルショップのウィンドウで、スマートフォンのポップ広告が音もなく揺れた。

夏実は交差点に立ちつくした。店頭のガラスの表面に、色の薄まったステンドグラスのように、ブルーのセーターを着た女性の姿が淡くうつりこんでいた。

店の前で空気がまわり、浅い息がまじりあう。とりどりの色がとび散り、スパイシーな沈香の匂いが棒のように鼻孔をみたす。

いまだ、ビッグバンの余波の、まっただなかにいる。薄らぎつつ揺れるセーターの青い影を見つめながら、夏実は開き気味の両膝に力をこめた。父の声がもれだすスマートフォンを手に、うまれるよりはるか以前、貸しビデオ店だった土地の前で、マスクにかくされた口をひらき呆然と突っ立っていた。

えんじ色のクロス。えんじ色のソファ。えんじ色のベッド。色調は少しずつ変えてあるものの、ほの暗い間接照明の下、どれも同じ、裏返した肉のような赤黒さとしかうつらない。

崇も同じホテルの別の部屋にいるはずだ。まださほど遅い時間ではないものの、父の性格を考えれば、もうとうにえんじ色のブランケットにもぐりこんでいておかしくない。

低い化粧椅子に腰かけ、夏実は膝の上に肘をついていた。ライトテーブルにたてかけたタブレットの画面から、陽美叔母の低い声がこぼれていた。

声は、ぬるい水のなかをひびいてくるようにくぐもっていた。どこからか、音楽のようなリズムが響いてくる。同じフロアの、大音量のテレビかもしれない。叔母の部屋のとなりに、旅のミュージシャンが泊まっているのかもしれない。

陽美の口が、川魚のように小刻みに動く。

ふたり、マンションの部屋で、焼きたての食パン食べてたのね。

薄いえんじ色の壁に、アルミの額にふちどられた版画がかかっている。

洗いものしながら、たしか、研究室の先輩か誰かに、みておくようにいわれたって。

円筒と直方体をくみあわせ、牧場の牛やサイロ小屋を描いたパステル画だ。

そう和美がいって、チラシをみせてくれて、近所にビデオ屋ができたって、それで。

絵のなかで跳ねる牛や羊のせいでもなく、額縁が少し右にかたむいている。

あのマンションを出て、レンタルのビデオ屋にはいったの。和美が先だった。レジの向こうで、バイトにはいったばかりの、丸坊主の崇さんが顔をあげた。

それで、ビッグバン。

化粧椅子から立ちあがり、ベッドの横に立って額縁の位置をなおす。もとの位置にもどって正対してみなおす。水平になおしたはずなのに、まだなにか、壁の上の絵は額縁ごとゆがんでみえる。

陽美によれば、和美のタイミラージュが写真にうつりこみはじめたのは、今年にはいってまもない頃だった。東北の森、南洋のコンドミニアム、ソウルの食堂に、瀬戸内のアート村。仕事用の撮影であろうが、何気ないスナップであろうが、週に一枚か二枚の割合で、建物の陰やひと立ちのあいだに、半透明の女性が重なってうつる。

ベースのリズムに混じり、潜水艦のソナー音が遠くで鳴っている。三度目でやっと、ドアのチャイムだと気づき、化粧椅子を立った。

ドアをあけると外側のノブにポリ袋がひっかかっていた。ライトテーブルにのせて開いた中身は、コンビニ弁当ではなかった。名前をききかじったことはあるが、はいったことはない料亭の季節の折詰だ。いつだったか、網代《あじろ》天井の修理を突貫で頼まれたと、父の崇がため息をついていたのをおぼえている。

タイミラージュの和美は、服装はとりどりでも、いつも決まって十八から、二十歳をすぎた頃の姿だった。この街に移り、古代史、考古学を学んでいた四年間。和美がひとり住まいしていたクリーム色のマンションに、高校生だった妹の陽美は、長い休みのたびにおしかけたものだった。

その頃、一生のうち、いちばん平穏な時期、というわけではなかったと、タブレットのなかで陽美はいった。発掘現場ばかりか、相手の思い、はては自分のやわらかなこころの底まで、無遠慮に掘りかえしてしまう性格は、いっそう昂じていた。けれども和美はかがやいていた。そこにいること、そこにしかいられないことに、とまどい、いらだち、この瞬間、世界のはてまでも飛びたっていきそうにみえた。

いまのあなたと同じように、と陽美叔母はいった。半透明の和美に、生きてるあなたの顔が、浮き彫りみたいに重なった。わたし、あなたといっしょに、北白川にいかなくっちゃ、って、そう思ったの。

夏実は大きく吐息をつき、テーブルを離れた。ベースのリズムがひびくなか、ベッドの奥へとすすみ、窓にかかったえんじ色のカーテンをおもむろにひらいた。

宵闇の古都だった。三方を山にふちどられた箱庭の、狭くあいまいな輪郭をうつして、信号機やビルの灯火がとぼとぼと浮かびあがった。空に目をうつすと、雲がかかっているのか、街の灯りのせいか、月以外の星はなにもみえなかった。夏の星座の半球図が、不意に夏実の頭に浮かんだ。ヘラクレス。おおわし。オルフェウスの竪琴。

あの星座盤はいつからうちにあったんだろう。へびつかいにからむ大へび。赤い尾をふりあげた、哀しげなさそり。宙に吊りさがったてんびん。白い翼を広げ、女のひざに舞いおりる、ゼウスのはくちょう。

「陽美さん」

夏実は窓にむきながらいった。

「はい」

ディスプレイからひびく、陽美のくぐもった声に、

「わたしね、たぶん、ずうっと、ひとりで腹たてとった」

夏実はいった。陽美はだまっていた。

「だって、取られっぱなしやったから」

夏実の吐息がえんじ色のカーペットへひらりひらりと落ちてゆく。音を吸収するのか、夏実の声もくぐもってきこえる。

ベースの音は相変わらずどこからかひびいてくるのに。

「部活も、昼休みも、図書館も。遊びも、おしゃべりも、大会も、みんなの素顔も。ずっと、取られっぱなしやん。ほんまやわ、オリンピックってなんのためにやるん」

「夏ちゃん」

陽美の声がもれた。

「わかってる」

夏実はふりむかずにいった。

「でもな、いろんなもん、好き勝手に取られていってるうちに、なんか、わたし、もっと前から、からっぽやった感じがしてきてん。和美って、わたし、きいたことないやん。夏実って、呼んでもろたこともないやんか。忘れてしもたんやのうて、思い出せることが、最初っから、ぜんぶ取られてしもてあらへんのん」

「夏ちゃん」

「ごめん、陽美さん」

目をこすりこすり、夏実は早口にいった。

「陽美さんも、取られてしもた側やのに。それに、陽美さんのほうが、取られたこと、いっぱいおぼえたはって、そっちのほうがきっとつらいのに。ごめんね」

「ちがうの、夏ちゃん」

陽美の、おちついた声はいった。

「電話、鳴ってる」

目を瞬かせ、ふりむくと、ライトテーブルの隅でオレンジ色の光が明滅していた。タブレットの画面のなかで、陽美叔母は右胸にかたく左のてのひらを押しあてていた。夏実は歩みより、息をつめて黒いプラスチックの受話器をとった。

「はい」

少しあいた沈黙から、遠いあたたかみが耳の芯へとどく。

「具合、どないやな」

夏実は少し口をひらいて、

「あ、うん」

「あんた、声、べしょべしょやがな」

と祖母はいって、てのひらでくるむように笑った。

「そやかて」

とかえし、化粧椅子に腰かける。

「ええのん、ええのん」

祖母はいった。

「病気かかってでも、そうでなくってても、せんないことやあらへんか」

タブレット画面から叔母の姿は消えている。

「あんた、ちいちゃいときから、棒っくいみたいに気ばっとって、なんかの拍子に、ぺこん、て折れてしまわへんか、うち、たまに心配なるときありますねんで」

陽美叔母はそこにいる。祖母もわきまえている。夏実にはよくわかった。

「おばあちゃん」

夏実はいった。

「おばあちゃんは平気なん、逆に。熱とか、せきとか、味覚とか」

「うちは、無事やで」

と祖母はいった。

「息してますえ」

一瞬、この世が、このえんじ色の部屋のうちに縮小した気がした。祖母の声は、宝玉を投げいれたあとの波紋のように、その世界にひろびろと広がっていった。

夏実は自分が、自分の赤暗い網膜にうつりこんでいる風に感じた。うつりこみながら生きている。そこに陽美もいる。むろん祖母も。崇も。いま目にみえていないみなも。

祖母の声が豊かにひびいた。

「むかし、日出実《ひでみ》さんにおせてもろたんやけどな」

日出実とは祖父、祖母の夫、崇の父の名だ。

「無事、いうのんは、危険がないとか、大事のうて平穏やとか、そんな意味やあらへんねん。おきたことの、自然にまかす、いうことやねんて。うちらのなかにも、もともとはいっとんねん、自然て。みんな、無事につながりおうたら、結句、まんまるやねんて」

いつのまにかベース音はやんでいた。冷蔵庫の振動も、遠い喧噪も、電子音もなにもなかった。カーペットも床も波うち、さわさわと揺らいでいた。画面のむこうのひとかげがゆっくりと息をつき、両手の指を組みあわせたのがわかった。

夏実はすわりなおし、

「おばあちゃん、わたし、いま、どんな呼吸」

通話口にささやいた。

「な、見えてんのやろ。わたし、どんな息してんの」

「そやねえ」

祖母はほたほた笑い、

「ちょおっと、ひしゃげとるか。いや、声はべしょべしょやけど、息はまあるいわ。雪うさぎのしっぽか、上用まんじゅうみたいに」

崇のこと、工務店のこと、予備校のこと。礼を告げ、指でささえて受話器を置く。ライトテーブルのタブレットから、青ずんだ光が、ささやかな滝の流れそっくりに、えんじ色のカーペットにこぼれ落ちている。

椅子を立った。備えつけのケトルに水を注ぎ、ＩＨのコンロの電源をいれる。煎茶の葉は茶筒一本バッグにいれてもってきている。

沸きたつ湯を、やはり備えつけの茶碗に注ぐ。てのひらにつつみ、ガラス玉を転がす手つきでゆったりとまわす。あらかじめ温めておいた急須の湯をシンクに流すと、ぺこん、ステンレスの吐息のような音がたった。

煎茶の葉を、スプーン一杯、二杯と半分。ほどよく冷ましたケトルの湯を、急須に注いで息を吸う。息を吐く。息を吸う。お茶の呼吸だけは、幼いころからいまもまんまるいまま夏実のなかでかわらない。

茶碗から、黄金色の湯気があがる。

「陽美さん」

「ん」

と、タブレットから叔母の声が、

「こっちはお薄よ」

ささやかな滝は消えている。画面全体が青ずんだ淡い光を放射している。

「リモートお茶会やね」

と夏実、

「お干菓子は」

ふふ、と陽美は声をたて、

「グリーンビーントゥバーのチュアオ、ニブスつき」

「ええ、ずっるう。夜チョコなん」

ふたり同時にお茶をすする。

「陽美さん」

「なに」

「リモートって、ふしぎやんね」

二煎目のお湯を注ぎ入れながら、

「ばらばらなはずやのに、いま、なんか、すごい近い気がする」

「そうね。たしかに」

「ホテルの隣の部屋も、ソウルも、カイロも、南極基地も、リモートでこの部屋とつないだら、どっこも変わらへんもんね」

急須をたて、最後の一滴まで茶碗に垂らす。

「せまいも、ひろいも、距離感がなんもなくなるって、ほら、ビッグバンの前てこんな感じなんちゃう」

「ちょびっと、ちがう気もするけどね」

陽美が笑う。

夏実は煎茶をすすり、

「たったひとりでいるって、実は、ふだんからそうやんか、誰でも、ひとりびとり」

といった。

「地球上で、ほんまは、みんなばらばらで、でも、そうじゃないようにいいきかせて、生きてるみたいなことあるやん。だから、こない、リモートでほんまにばらけて、たがいにしゃべったりごはん食べたりしてるほうが、じっさい、ほんまに生きてる感じに近いんかも、て、いま思った」

「そうか」

陽美はひとつ、青ずんだ息をついた。

「ばらばらって意味では、時間上で、タイミラージュのひとたちも、『ほんま』に生きてるのかもね」

「そこ、ちゃう、陽美さん」

今度は夏実が笑う番。

「ほ、にアクセントないし。ていうか、どこにもアクセントかからへんし。三つの音、平坦に、ほ、ん、ま」

「ほ、ん、ま」

二杯目の煎茶を飲みほすと、スマートフォンのホームキーをタップした。自動的にたちあがった写真アプリの画面を叔母の前にかざし、

「ほら、見えてる?」

「あ、夏ちゃんのにも来たの」

女性のセーターの青い色は街路でみつめたときより、いっそう冴え冴えと澄みわたり、崩れ落ちていく背景から浮きあがってみえる。

陽美も、自分のスマートフォンをスクロールしながら、

「まさか、マンションの解体現場、見せられるとは思わなかったわよ」

夏実は少し前にのめり、

「わざとなん」

「この顔、みてごらんよ」

と、カメラアプリの画面を夏実に突きだす。タブレットいっぱいにひろがる、片眉をあげ、青い光輪を帯び、余裕たっぷりに笑みをつくったその表情。

「ぜったいにそう。わたしと夏ちゃんを、あの瞬間に立ち会わせたかったんだよ。おねえちゃんの、やりそうなこと」

夏実は一気に、世界がその片方の眉に凝縮された気がした。

スマートフォンを、煎茶の茶筒にもたせかけ、タブレットの横にたてかける。陽美もむこうでカメラを画面の脇に置いているのがわかる。えんじ色の薄闇に、ほのかな青色が流れた。開けはなしたカーテンの端がふわりと揺れた。

「陽美さん」

夏実はいった。

「もうちょい、きかせてもろてもええかな、おかあさんのこと」


背はいまの夏実より二センチほど低い。東の港町から、はじめてこの街に来たのは、中学三年の修学旅行（「コンバースはいてた?」「うん、たぶん」）。それで古いものに興味をもち、古代史、考古学にのめりこんだ。

国語はからきしだった。数学が得意だった。柴犬のヘレンが老衰で亡くなったときは、庭につっぷして五時間泣きに泣いた。

クリーム色の新築マンションは、大学に合格後、自転車で走りまわって本人が見つけた。

住みはじめて三日目に「きぬた」にはいった。このときは高二の陽美もいっしょだった。きぬたのたぬきは当時から逆立ちしていた。週に三度はかよった。いちばんのお気に入りはれんこんのはさみ揚げ定食、二番目は親子定食だった。

落亀亭をひらく前の、猪首の主人と知りあったのも「きぬた」だった。相席になった、いかにも遊び人風のサングラス男に、ギリシアの悲劇詩人アイスキュロスの死に様を、れんこんのはさみ揚げをかじりながら教えた。

店で先に声をかけたのは崇のほうだった。大学院で建築設計学を学んでいた。ビデオ、借りはるんですか、が第一声だった。貸しビデオ屋なのに。

翌月、崇と和美は連れ立って、古い建物や遺構の散策にでかけた。それが毎月となり、毎週となり、やがて毎日となった。

崇の母より先に、横田さんとは知りあいだった。マンションのそばのパン屋で、同じクロワッサンを左右からふたつのトングがつかんだ。

横田さんのひらく香道教室は、クリーム色のマンションの、ちょうど真裏にあった。師匠の教えで、季節ごとに、まとう香りをかえるたしなみもおぼえた。いまのこの季節の好みは、師匠ともども、東南アジアの寺院を連想させる、スパイシーな沈香だった。

「じゃ、チョコレート、あしたの朝フロントにあずけとくから」

そういって手をあげてすぐ、陽美の姿は画面から消えた。夏実は指をのばしタブレットの電源を切った。えんじ色の薄光に照らされた部屋の空気は、どこか親密で、暖色っぽい気配をいまだにたたえていた。

すっかり空になった折詰はたたんでポリ袋にもどした。茶碗を洗い、ポットのなかを水ですすぐと、着衣をとり、シャワールームにむかった。

ノズルから噴きだした湯の勢いに、思わず声をあげた。とちゅう、両のてのひらに髪の毛をにぎりこみ、適当なショートボブ風にしてみると、からだを斜めにずらし、洗面台の鏡をのぞきこんだ。

バスタオルでたんねんに水気をぬぐい、保湿ローションの手でくまなく肌じゅうを叩いてから、下着、Tシャツ、洗いすぎてくたくたになったジャージのズボンに、のばしたつま先をつっこんだ。歯ブラシはいつも家で使っているものをもってきている。

窓に向きあって外をのぞく。夜景はとりどりに色づいていた。テールランプ、ヘッドライト、広告塔、ビルの灯り。ここからではわずかな光としかみえない家々の灯火。すべての光が夏実には少しずつ遠ざかってみえた。まちがいなくそこにとどまっているのに、なんだか向こうへとにじりにじり遠のいていく。目にあきらかな光点から、はかなげなともしびへ、やがて半透明、そして完全な闇のむこうへ、透明にとけこんで。

中学生のころだったか、父の崇とならんでみた科学番組のキャスターがいった（話し手の姿はみえなかった）。文明以前から観測されてきた恒星の数々は、その場に永遠にとどまっているようで、ビッグバンの中心から外縁へ、ものすごい速さで遠ざかっている。そのむこうは光さえ追いつけず、けして観測できない、だからその光速の縁が、宇宙のはてといっていい、と。

「そっからきはんねん、たぶん、宇宙人て」

隣から声がした。夏実は一瞬、なんの意味だかわからなかった。

「おれらが普段、宇宙人、て呼んでるひとらは、宇宙のはてのそのむこうから、きはるんとちゃうかな」

崇は学生風に涼しげに横顔をあげた。

「そもそもな、光をこえたはんねんで。そやし、めーたり、めーへんかったりすんねん。だからな、ほんまは『地球外生物』やのうて、『宇宙外生物』なんちゃうかな、ああいうひとらは」

窓外で灯火と星々が溶けあう。この古い街を黒々ととりまくぎざぎざの山の端を、いまにも「宇宙外生物」の乗りものが過ぎっていきそうで、背伸びした姿勢のまま夏実は少し笑った。同時に、えんじ色の部屋の空気がやわらに波うつのがわかった。夏実が弁当を平らげ、タブレットの電源を切ってからずっと、この部屋のいたるところに、スパイシーな沈香の香りがさりげなくたちこめている。

ひょっとしたら、バイト中の父の、若い声も。遠い祖母、遠すぎる日出実さん、さらにその向こう、目も耳もことばもとどかないリモートのはてから漏れる光。

えんじ色のカバーをめくり、ベッドにあがる。シーツのすきまに素足をいれ、柔らかすぎる枕を重ねて背をもたせかける。

夏実はスマートフォンの画面をタップした。写真アプリをたちあげると、鉄球を打ちつけられ、いまにも倒壊しつつあるマンションの、クリーム色の外壁があらわれた。その手前に、青色のセーターはなかった。半ばすきとおった輪郭線も、なにか企んでいるようなあの笑みも、なにも写りこんではいなかった。母が住んだマンションの最後の瞬間だけが手の内の画面に残されていた。

スパイシーな沈香の香りがほのかに頬をなでる。

「おやすみっ」

夏実はささやくと、右腕をのばして灯りを消した。あ、カーテンしめわすれた、と目をとじ、胸でひとりごちながら枕に左頬をしずめた。ホテルは九階建て。夏実の部屋は地上七階の高さに浮かんでいる。

夜半近く、夏実はすやすや寝入っている。すうふ、すうふ、おだやかな音とともに、浅くひらいたくちびるから漏れる寝息が、ベッドからえんじ色の床に舞いおり、少しずつ、少しずつたまっていく。

寝息はとりどりの色で、音もなくまたたいた。ゆるやかに溶けあいながら、じょじょに広がり、部屋じゅうを埋めていった。

そのうち、縦の筋がうまれた。横の筋もうまれた。うねり、隆起、くぼみに傾斜。ところどころ、棒のかたちや箱状の、小さな突起がとびだした。真夜中をとうに過ぎ、夏実が眠りのもっとも深みへ沈みこむころには、部屋の床には、ちらちらと光をこぼす、寝息の街の立体ミニチュアができあがっていた。

街はしずかに、ふくらんだりちぢんだりした。細かな凹凸がつづく碁盤目状の平地を、縦にふた筋、光の川がうねり流れた。街を三方からとりまくなだらかな隆起には、「大」「法」「妙」に舟形、鳥居のしるしが刻まれていた。

ひろがる街のところどころ、おぼろげに輝いているスポットがあった。夏実のうまれた病院、かよった絵画教室、自転車でつっこんだ水路、小学校の屋上プール、中学校裏の焼きそば屋、ハードルで全国三位の記録をだした競技場。

夏の陽ざしの照りかえし、冬の河原にひろがった薄日、山の上の初日の出。これまでに見たあらゆるものの光。

じっさいに、見てはいなかった光もある。とりどりの未知の輝きが、夏実の息でできたこの街の、そこここでひそやかにきらめく。祖母の前を通りすぎてゆくタンクの列、日出実さんの建てた茶室にたつ松風の音、クリーム色のマンションで背をまるめ古書をめくる姉のスタンドライト、その後ろでマンガをめくる妹の爪の桃色、すぐ近くでときどき高みを見あげながらラーメンをかっこむ丸坊主の大学院生。

街の大きな駅の近くに美術系の大学が移転してくるのは、この夜から二年と半年後。おぼろげにたつ光のキャンパスの教室で、絵の具だらけのランニングジャージを着た大学生女子が、虹色の息を吹きあげながら、制作途中の画布に向きあっている。絵に描かれているのはやはり女性。本人の自画像だか、よく似た知り合いがモデルなのかは判然としない。描かれた頭の上に浮かんでいる物体は、足を引っこめた亀か、あるいは、宇宙のはてを越えてきた乗りもののようでもある。

えんじ色のベッドで夏実は寝返りをうった。

その拍子に、息の街の山裾あたりににょきにょきと建物がたった。みるみるうちにそびえたったそれは、滑稽なまでに周囲から浮きあがって高く、血を浴びた生きもののように朱い、八角九重の塔だった。

　もう一度さかさに寝返りをうち、眠りの深みに沈みこみながら、夏実はふふっと息をついて笑った。街ぜんたいがさわさわと鈴のように揺れ、すぐにまたもとの静けさにもどった。

初出

「息のかたち」……「群像」二〇二〇年八月号
「桃息吐息」……「群像」二〇二一年三月号
「息してますえ」……「群像」二〇二四年二月号

いしいしんじ

作家。１９６６年大阪生まれ。京都大学文学部卒業。１９９４年『アムステルダムの犬』でデビュー。２００３年『麦ふみクーツェ』で第18回坪田譲治文学賞、２０１２年『ある一日』で第29回織田作之助賞、２０１６年『悪声』で第4回河合隼雄物語賞を受賞。そのほか『トリツカレ男』『ぶらんこ乗り』『ポーの話』『海と山のピアノ』『げんじものがたり』『マリアさま』など著書多数。２００９年から京都市在住。

息《いき》のかたち

二〇二四年七月二十三日　第一刷発行

著者　いしいしんじ

発行者　森田浩章

発行所　株式会社講談社
〒一一二―八〇〇一
東京都文京区音羽二―一二―二一
電話　出版　〇三―五三九五―三五〇四
販売　〇三―五三九五―五八一七
業務　〇三―五三九五―三六一五

印刷所　TOPPAN株式会社

製本所　株式会社若林製本工場

ISBN 978-4-06-536173-3 Printed in Japan

KODANSHA